Deux moities d'une
Ame

DEUX MOITIES D'UNE AME

KATERYNA KEI

KEI INC
2020

Titre original :
Two Parts of a Soul

Design de couverture : RavenBorn

© 2013, 2020 Kateryna Kei,
Tous droits réservés.
ISBN : 979-10-91899-27-7

D'après les paragraphes 2 et 3 de l'article L. 122-5 du Code de la propriété intellectuelle, « les copies ou reproductions sont strictement réservées à l'usage privé ». La vente, publication, changement ou traduction de ces œuvres sont interdits sauf autorisation écrite de l'auteur ou de ses ayants droit.

Toute reproduction d'un ou plusieurs œuvres en entier ou partiellement sans indication du nom d'auteur, de la source et du titre exact est interdite.

L'œuvre est une pure fiction. Toute ressemblance avec des personnes ou des événements existantes ou ayant existé est purement fortuite.

A Philippe, pour toute l'inspiration
que tu m'as donnée ;-)

Sommaire

Sommaire vii
Le bébé 1
Le retour 9
La rencontre 19
L'esclave 35
Deux moitiés d'une âme 58
Le château 66
La chambre cachée 80
Raven 97
Le cauchemar 121
Les jumeaux 130
La Porte des Etoiles 140
Randi 146
Le cadeau de mariage 156
Le fantôme 171
Le lien du sang 182

La demande d'Elena	194
Vieille Nim	212
Quand la force se transforme en faiblesse	224
Épilogue	237
En plus	240

Kateryna Kei

Le bébé

Vieille Nim était à genoux au milieu d'une clairière. Des plantes sauvages et des fleurs qui y poussaient librement la cachaient pratiquement de la vue. Cet endroit était son jardin, même s'il n'en avait pas l'air. Mais Vieille Nim, non plus, ne ressemblait pas à un jardinier : petite, fine et délicate, elle avait de longs cheveux dorés et son visage ridé était illuminé par une lumière intérieure. Elle avait toujours de beaux yeux, bleu ciel et souriants, qui pétillaient d'une curiosité enfantine entremêlée de sérénité. La femme ressemblait à une fée ou à une gracieuse créature fantastique qui se cachait dans l'herbe haute.

C'était une douce soirée d'été. L'arôme de la bruyère florissante flottait dans l'air accompagné du bourdonnement relaxant des insectes. Le soleil couchant déversait son miel sur la terre et les arbres, et dessinait leurs ombres sur le sol.

Ce soir doux et calme, Vieille Nim ramassait des herbes. Ses doigts longs et fins parcouraient chaque plante, étudiant soigneusement chaque feuille et chaque tige, percevant le moindre détail qu'une personne ordinaire ne pouvait pas remarquer. En harmonie parfaite avec la nature, elle ne prenait que ce dont elle avait besoin, ne laissant aucune trace de sa cueillette.

Soudain, sa main s'immobilisa au-dessus d'une feuille : la terre trembla à peine sous ses genoux, lui indiquant que quelqu'un s'approchait. Elle n'entendait pas encore de bruit, mais, avec des années d'expérience, Nim était devenue une experte pour déchiffrer les signes de la nature. Elle resta immobile un instant, les yeux fermés, comme si elle se reposait ; puis elle reprit tranquillement son travail.

Petit à petit, le bruit vint jusqu'à elle, un bourdonnement distant qui se transforma en bruit clair et inquiétant, celui des sabots d'un cheval. Bientôt, un étalon en sueur apparut et s'arrêta brusquement au bout de la clairière. La cavalière, une jeune femme, sauta à terre et courut vers Nim. Son beau visage était recouvert de poussière, et ses longs cheveux noirs cascadaient sur ses épaules et sur sa robe ornée.

La femme tomba à genoux devant Nim.

— Nim, appela-t-elle, haletante, aide-moi !

Pour la première fois Nim se tourna vers elle. Ses yeux bleu ciel se remplirent d'inquiétude lorsqu'elle remarqua que la robe de la femme était déchirée et tachée de sang.

— C'est horrible !

La jeune femme éclata en sanglots, se couvrant le visage d'une main. Son autre bras tenait un paquet.

Vieille Nim se releva et glissa son bras autour des épaules de la femme.

— Allez, allez, dit-elle doucement, calme-toi. Les émotions te brouillent l'esprit…

La femme n'obéit pas tout de suite, il lui fallut du temps pour se ressaisir. Enfin, elle réussit à étouffer ses sanglots, et se redressa.

Nim attendait en silence, ses yeux bleus remplis de compassion et de patience.

La jeune femme inspira profondément et se mit à parler. Sa voix était vide et étrangement distante, comme si elle était plongée dans une transe.

— Papa est décédé après minuit. Po veut que je l'épouse. Il parle d'amour, mais c'est sans doute pour devenir roi. J'ai refusé… de toute façon cela n'aurait rien changé ni pour moi, ni pour mon peuple. Alors

Po a organisé une révolte contre moi…, elle s'arrêta et son regard distant se remplit d'effroi. Il y a tellement de morts ! C'était… C'était… Je n'ai jamais imaginé qu'ils pouvaient être aussi cruels envers leurs propres frères et voisins !

Elle ferma les yeux et serra les poings, agonisante, gémissant de douleur, comme un animal mortellement blessé.

Mais Nim ne la laissa pas ruminer sa douleur.

— Et ton mari ?

La question eut l'effet d'une gifle : la jeune femme se redressa et adressa à Nim un regard animé, infusé de colère :

— Po l'a capturé ! J'en suis sûre, je l'ai lu dans ses yeux. Po ne va pas seulement le tuer. Ce fou veut nous séparer pour toujours… Nim, je dois faire quelque chose !

Vieille Nim restait si sereine et impassible face à la jeune femme bouillante d'émotion. Elle avait vécu assez longtemps pour apprendre à garder son calme dans toute situation. Mais sa voix était ferme et sérieuse lorsqu'elle demanda :

— Comment puis-je t'aider ?

La jeune femme attendait tellement ces mots que quand ils vinrent, elle eut du mal à organiser ses pensées. Elle avala sa salive et tendit son paquet à Nim.

— J'ai réussi à sauver Anna…, elle entrouvrit le paquet avec révérence, et son doigt caressa le petit visage du bébé. Ma fille, la preuve vivante de notre amour…, murmura-t-elle, sa voix remplie de fierté et d'amour infini. Puis elle leva les yeux sur Nim.

— Nim, je veux que tu t'occupes d'elle.

Nim ne dit rien ; aucune émotion ne traversa son visage.

Alors, la jeune femme poursuivit :

— Je sais que je te demande beaucoup, mais tu es sa seule chance ! Ce qui attend Ronen est pire que la mort. Je dois essayer de le sauver.

Les larmes qui brillaient dans ses yeux coulèrent de plus belle, tombant sur le bébé. La femme s'essuya vite les yeux avec la manche, mais le bébé se réveilla et leur sourit.

Sa mère se pencha et déposa un baiser tendre sur son front.

— Anna, je t'aime, dit-elle doucement. Et papa t'aime. Beaucoup. Plus que tout.

Elle embrassa sa fille encore une fois, puis s'adressa à Nim, sans quitter des yeux Anna :

— Nim, tu es la seule personne à qui je peux la confier. Si je ne reviens pas, elle sera en sécurité avec toi. Je veux qu'elle devienne une personne pure et honnête, comme une vraie fille de sa famille, comme la vraie petite fille de son glorieux grand-père !

Nim la dévisageait, pensive. Puis, elle hocha lentement la tête et tendit les bras vers le bébé.

– Je n'ai jamais eu d'enfant à moi. Je suis honorée par ta confiance. Melaina, je te promets que je ferai tout pour la protéger.

Melaina tenta de sourire, mais ses lèvres tremblaient d'émotion. Elle cligna des yeux rapidement pour chasser les larmes.

– Merci, Nim. Je ne l'oublierai jamais.

Elles se turent, regardant la petite Anna qui les étudiait avec ses grands yeux étonnés. Puis Melaina se pencha pour embrasser sa fille encore une fois et la passa enfin à Nim. Avant que son courage l'abandonne, elle se leva et se dirigea vers son cheval, essuyant ses larmes.

Quand elle monta à cheval, Nim l'appela :

– Melaina…

Elle se retourna.

– Tu es la meilleure magicienne que je connaisse. Reste calme et écoute ton cœur. Et que les dieux t'aident !

Un sourire triste illumina le visage de Melaina.

Elle agita sa main dans l'air en signe du dernier au revoir, en gravant à tout jamais dans sa mémoire l'image de la vieille femme agenouillée au milieu de buissons de bruyère, sa fille adorée dans ses bras.

Après le départ de Melaina, Vieille Nim ne s'attarda pas non plus. Elle finit rapidement sa cueillette et rangea toutes les plantes dans un sac en lin. Elle prit son temps pour cacher soigneusement tout signe de présence humaine dans la clairière avant de s'en aller.

Elle s'avançait dans la forêt sans bruit et sans laisser de traces visibles, à une vitesse étonnante pour une vieille femme. La forêt était sa maison, son élément. Elle y vivait depuis des années et personne ne pouvait la trouver ni l'attraper ici.

Bientôt, elle arriva à sa cabane dissimulée dans les branches et les plantes. Elle s'y arrêta pour donner du lait frais au bébé et ramasser ses possessions les plus importantes, qu'elle fixa sur le dos de son cheval.

La nuit tombée, la petite procession commença un long voyage vers l'est. Elle paraissait étrange, même irréelle : une petite femme fée aux cheveux blonds qui brillaient au clair de la lune un bébé dans ses bras, suivie par un cheval et une vache.

Nim partait. Elle ne savait pas si elle allait revenir un jour, mais elle avait donné sa parole à Melaina, et elle allait tout faire pour protéger l'enfant. Même si cela signifiait un départ douloureux de chez elle pour la seconde fois dans sa vie.

Le retour

Anna grandit avec Nim au milieu d'une grande forêt. La femme fée lui apprit à parler aux animaux et aux plantes, à jeter des sorts, à faire des potions et à survivre. En même temps, la fillette reçut l'éducation digne d'une princesse : elle savait chanter, danser, jouer de la flûte, lire et écrire, et elle connaissait les bonnes manières ainsi que la hiérarchie de la société de son peuple.

Elle ressemblait de plus en plus à sa mère, sauf la couleur bleu ciel de ses yeux, héritée de son père.

Nim lui apprit la vie à travers les histoires et les contes, et lui raconta tout ce qu'elle savait sur ses parents.

Quand Anna eut dix ans, Nim décida qu'il était temps de revenir pour apprendre ce qui s'était passé après leur départ et pour se faire une idée de la situation actuelle.

Deux moitiés d'une âme

La fillette était contente de voyager. Elle n'arrêtait pas de poser des questions.

— Tu n'es pas encore fatiguée de parler ? soupira Nim.

Anna écarquilla les yeux.

— Comment peut-on être fatigué de parler ? Cela demande si peu d'effort, il suffit de bouger la bouche ! Parle-moi encore des esprits de la mer ! Lesquels parmi eux sont gentils ?

Nim continua de répondre pendant un moment, puis conclut :

— Et maintenant, c'est à mon tour de poser des questions. Dis-moi, quelles plantes tu vas ramasser à la pleine lune ?

Anna gémit de déception, mais répondit :

— Le gui, la rose sauvage, le muguet, l'argousier, la mélisse, le bident tripartite, l'inule, le raisin d'ours et le lédon.

Nim acquiesça :

— Oui, et aussi le thym. Ne l'oublie pas.

Avant que Nim puisse poser la question suivante, Anna demanda :

— Si tu fais les potions durant la nuit sans lune, elles vont affecter l'âme ?

— Pas forcément.

— Mais tu as dit que les nuits sans lune, c'est pour la magie noire !

— Oui, mais la magie noire ne s'occupe pas que des âmes.

— Mais tu as dit que la pire des choses qu'on peut faire à quelqu'un c'est de toucher à son âme !

— Oui : si tu tues le corps, l'âme continue de vivre, tandis que si tu touches à l'âme, tu affectes l'existence de cette personne dans l'Univers.

— Cela veut dire que la personne ne pourra pas vivre une autre vie ?

Nim soupira, fatiguée :

— C'est possible, je ne sais pas. Mais tous les magiciens noirs ne sont pas aussi méchants, et, surtout, la plupart d'entre eux ne sont pas assez puissants pour faire de telles incantations. C'est de la magie très poussée, très puissante et très dangereuse. Tu dois la connaître, mais avant d'y avoir recours, assure-toi que tu n'as vraiment pas d'autre solution.

Anna réfléchit un instant et continua avec une nouvelle énergie :

— Et Po, est-il assez méchant ? Il touche les âmes ?

Nim ne répondit pas tout de suite. Elle étudia ses petites mains, l'air pensif, et fronça les sourcils.

— Je ne peux pas en être sûre. Cela fait maintenant plusieurs années que je n'ai pas vu Po. Il est possible qu'il ait acquis ce savoir secret, car il expérimentait avec des incantations et des rituels de la magie noire.

Elle leva les yeux et croisa le regard curieux d'Anna.

— Une raison de plus pour rester extrêmement prudentes. Pas de peur ni de panique, mais moins tu attires l'attention, mieux c'est pour nous.

Anna hocha la tête. Elle garda le silence quelques instants, mais, ensuite, ses questions reprirent de plus belle.

— Est-ce qu'une âme peut être détruite ?

— Oui, en théorie. Mais, autant que je sache, aucun humain ne l'a jamais fait. En général, les magiciens noirs essaient de contrôler une âme, ou de la capturer.

— Ils peuvent faire ça à une personne vivante ?

— Quand on veut contrôler une âme, la personne doit être vivante, sinon c'est inutile. Le but est de faire la personne contrôlée agir comme le magicien le veut. En général, on leurs fait faire des choses terribles. On reconnaît les personnes affectées par un changement radical de leur comportement et en les regardant dans les yeux : leurs pupilles sont toujours dilatées, parce que leur âme reste dans le noir.

— Et si quelqu'un capture une âme ?

— Pour capturer une âme, il faut d'abord tuer la personne et réussir à attraper son âme au moment où elle quitte le corps. Puis, il faut la mettre quelque part et l'entourer de sorts pour la bloquer. Mais c'est toujours très difficile à faire, car l'âme n'est pas un objet physique.

— Et il est possible de s'en libérer ?

— Si le magicien sait ce qu'il fait, c'est pratiquement impossible. Mais, une fois encore, je ne peux pas en être sûre. Et c'est une raison de plus pour que tu retiennes tes incantations de protection, jeune fille. Vas-y, récite…

Anna poussa un soupir.

— D'accord, tu as encore gagné… D'abord, il y a…

Au coucher du soleil, elles arrivèrent à l'ancienne maison de Nim. Elle n'avait pas changé, mais les plantes sauvages la cachaient complètement désormais. La cabane semblait avoir poussé dans l'arbre, devenant une partie intégrale de la verdure.

Nim et Anna descendirent des chevaux et s'approchèrent prudemment. On aurait dit deux sœurs qui jouaient à un jeu passionnant : elles avaient la même taille, les mêmes robes, les cheveux qui tombaient jusqu'à la taille et les mêmes silhouettes élancées. Sauf que les cheveux de Nim étaient dorés, tandis que ceux d'Anna étaient noirs, et que le visage fin de Nim était couvert de rides, résultat de plusieurs centaines d'années vécues sur la terre. Anna regardait autour d'elle avec une curiosité et une admiration évidentes, tandis que Nim était sur ses gardes, comme un animal sauvage qui se dirige vers la rivière.

Elles s'approchèrent de la cabane par-derrière, en silence, et se frayèrent un chemin vers l'étable. Là, il y avait une porte cachée qui menait à l'intérieur. Anna ne l'avait pas remarquée et eut le souffle coupé quand, soudain, Nim l'ouvrit.

Nim ordonna à la fillette de rester dans l'étable et entra prudemment dans la cabane pour l'inspecter. Elle avait une excellente mémoire et savait exactement où elle avait laissé chaque chose.

À sa grande surprise, il semblait que personne n'y était venu depuis qu'elle était partie. Il n'y avait aucune trace de Melaina, ni d'un intrus. Toujours prudente, Nim vérifia quand même la cabane pour déceler toute incantation ou trace de magie. Mais il n'y avait rien.

— Je peux entrer ? s'impatienta Anna.

— Maintenant tu peux, répondit enfin Nim.

La fillette se précipita à l'intérieur.

La cabane était très simple. Il y avait une seule pièce qui faisait office de cuisine, chambre à coucher et salon en même temps, et qui disposait de deux fenêtres, désormais cachées par les plantes sauvages. Il y avait une petite cheminée et un minimum de meubles. L'endroit était abondamment couvert de poussière, mais Anna le trouva parfait.

— Où est-ce que je peux me faire un lit ? demanda-t-elle tout animée.

Nim, occupée à sentir des potions qui étaient restées ici pendant tout ce temps, leva la tête et lui jeta un regard incrédule :

— Il faut peut-être tout nettoyer d'abord, non ?

Anna haussa les épaules, l'air innocent :

— Je n'allais pas me coucher de suite…

Le matin suivant, Nim amena Anna à la mer.

Anna ne l'avait encore jamais vue. Quand elles s'approchèrent de la côte rocheuse, elle s'arrêta, bouche bée.

Les vagues bleues roulaient vers la terre depuis l'horizon, se brisaient sur les rochers et retombaient en mousse blanche. Les mouettes volaient au-dessus de l'eau brillante et leurs cris résonnaient dans l'air.

Anna inspira profondément l'air salé.

– Viens, il y a une plage en bas, l'appela Nim. On va nager.

Nim et Anna nagèrent et jouèrent dans l'eau jusqu'à ce que les lèvres d'Anna deviennent bleues. Ensuite, elles se couchèrent sur le sable pour se réchauffer au soleil. Nim montra à Anna quelques mollusques et algues comestibles, et expliqua la façon de les manger.

L'après-midi, elles visitèrent la clairière où Nim vit la mère d'Anna pour la dernière fois. La clairière n'avait pas changé : la bruyère y poussait toujours, ses fleurs roses à l'odeur douce attirant les insectes et les bourdons.

Anna traversa la clairière plusieurs fois de long en large. Elle essayait d'imaginer sa mère et de ressentir sa présence.

— As-tu une idée de ce qui a pu leur arriver ? demanda-t-elle à Nim.

Nim lui jeta un regard rapide par-dessus le bouquet de fleurs qu'elle ramassait.

— Eh bien, c'est ce que j'ai l'intention de trouver. Il n'y a aucune doute, Melaina n'est jamais revenue ni ici ni chez moi après ce jour-là.

L'espoir illumina le visage d'Anna.

— Comment est-ce que je peux t'aider ?

Nim ne répondit pas immédiatement. Elle posa ses fleurs dans l'herbe, puis se leva et s'approcha de la fillette. Elle prit Anna par les épaules et la regarda droit dans les yeux.

— Anna, je suis désolée, dit-elle doucement. Tes parents ne sont pas parmi les vivants. Je ne prétends pas être la plus grande des magiciennes, mais je peux sentir quand les personnes qui me sont chères meurent. J'ai senti Melaina mourir. Je ne sais pas ce qui s'est passé ce jour-là ni si elle a réussi à sauver ton père. Tout ce que je sais, c'est qu'elle mourait volontiers. Il peut être important pour toi de découvrir pourquoi.

Des larmes remplirent les yeux d'Anna.

— Pourquoi, moi, je n'ai rien senti ?

— Mais si, mais si ! Tu l'as senti ! Tu t'étais mise à

pleurer et il m'a fallu bien du temps pour te calmer. Mais tu étais trop petite pour t'en souvenir.

La fillette détourna le regard.

— Tu penses qu'il faut que je devienne reine ? demanda-t-elle plus tard.

— Je ne te le conseillerais pas. Du moins, pas pour le moment.

La rencontre

Une fois par semaine, la ville célébrait le jour du marché. Étrangers, voyageurs et marchands arrivaient à l'aube de tous les côtés pour passer la journée à vendre ou à échanger leurs biens dans les rues. Ce jour était considéré comme férié, et tout le monde en profitait pour mettre de nouveaux vêtements, rencontrer de nouvelles personnes et tout simplement s'amuser.

Ce matin de mai, le ciel était bleu et sans nuages, les oiseaux chantaient joyeusement et la brise légère portait l'odeur douce des arbres en fleurs. Le beau temps faisait fleurir le commerce aussi : le marché comptait bien plus de monde que d'habitude.

Un toit démontable fait de branches de sapin attachées abritait les rangées marchandes les plus prestigieuses et les plus chères. Cet endroit abondait d'acrobates, d'illusionnistes et de simples badauds.

Un grand homme chauve marchait dans cette foule multicolore. Il portait une longue tunique en soie blanche et la même cape brodée d'or. Ses longs doigts étaient ornés de bagues étincelantes aux pierres précieuses de formes différentes, et un cercle d'or recouvert de symboles entourait sa tête chauve. Son visage pâle était parfaitement rasé. Un sens inné du pouvoir émanait de lui. Une grimace mécontente déformait constamment son visage fin au nez aquilin et aux beaux yeux violets, qui aurait pu, sinon, être joli. C'était Po, le prêtre principal et le vrai gouverneur du pays.

Po était de mauvaise humeur, comme d'habitude. Pour ses serviteurs, c'était son état normal. Le royaume plongeait progressivement dans une crise profonde, et la reine Elena était complètement contrôlée par Po. Cependant, l'état du royaume n'était pas la raison de sa mauvaise humeur. C'était la dernière de ses préoccupations. Po savait qu'il allait survivre et garder toute sa richesse, quoi qu'il arrive. Les gens qui l'entouraient étaient trop primitifs et prévisibles, bons seulement pour ses expériences magiques. Ils avaient tous des faiblesses. Po avait si bien appris à trouver et à exploiter ces faiblesses que cela commençait à l'ennuyer.

Tout le monde avait peur du prêtre principal. Po était connu pour sa cruauté et sa mauvaise humeur constante, mais personne n'osait en parler, car Po était un magicien très puissant. Mis à part lui et ses prêtres, personne n'avait le droit de pratiquer la magie. Tous les autres magiciens avaient été tués ou chassés du royaume, et toute magie était formellement interdite.

La seule chose qui intéressait toujours Po était la magie. Il rassemblait méticuleusement le savoir secret et en traquait avidement chaque nouveau brin. Ainsi, il venait au marché pour surveiller les gens et voir si les commerçants étrangers avaient quelque chose d'intéressant pour ses expériences magiques.

Deux gardes et un jeune esclave l'accompagnaient. Po n'avait pas vraiment besoin de gardes : son savoir magique était plus que suffisant pour le protéger de toute attaque imaginable. Il les utilisait pour intimider et montrer son importance et son statut social. En plus, les gardes pouvaient être utiles si le prêtre principal devait faire publiquement quelque chose de sale, comme punir la racaille.

L'esclave de Po était un petit garçon au corps disproportionné. Il venait sans doute du nord, car sa peau était pâle et ses cheveux étaient presque blancs.

Il avait sept ans, mais, maigre et mal nourri comme il était, il paraissait plus jeune. Son regard furtif et furetant, et son dos voûté faisaient penser à un animal qui s'attendait à recevoir un coup à tout moment. Le garçon marchait pieds nus et sa tunique, trop grande, lui donnait une apparence grotesque. Il n'était ni beau ni sympathique ; ses yeux incolores remplis de haine ne faisaient qu'accroître l'impression désagréable qu'il produisait.

Le prêtre principal gardait son esclave au bout d'une chaîne d'argent finissant par un anneau fermé autour du cou du garçon. Quand Po était en colère ou voulait punir le garçon, il tirait sur la chaîne et le faisait souffrir intensément.

Les gardes qui accompagnaient Po, au contraire, étaient bien nourris et soignés. Ils étaient très grands, larges et musclés. Ils marchaient détendus et regardaient autour d'eux avec une indifférence paresseuse. Ils savaient bien que leur apparence, les épées menaçantes sur la hanche et les brassards métalliques autour de leurs avant-bras colossaux dissuadaient toute tentative de s'approcher de leur procession.

Po marchait lentement entre les marchands étrangers. La bonne organisation n'était vraiment pas au rendez-vous : les noix, les épices et les fruits étaient vendus juste à côté des fourrures, des bijoux, des pierres et de la vaisselle. Po trouvait cela agaçant, mais son expérience lui disait que c'était un endroit parfait pour trouver des objets intéressants. Il y avait même quelques marchands chez qui Po achetait régulièrement.

L'un d'eux, un petit homme rond aux yeux rusés et aux cheveux arrangés en queue-de-cheval, remarqua le prêtre de loin. Une lueur avare illumina ses petits yeux rapides et ses lèvres s'étirèrent en un sourire ringard.

Po était rempli d'or, tous les marchands le savaient, et si un objet, même tout petit et inutile, attirait son attention, le prix n'était jamais un problème.

Po s'arrêta devant le gros marchand et répondit froidement à sa salutation.

— As-tu toujours la coupe de cristal que tu avais apportée la dernière fois ?

Le cœur du marchand se serra.

— Votre Altesse, malheureusement, quelqu'un me l'a achetée il y a un mois…, il était vraiment désolé de décevoir son meilleur client. Mais j'ai quelque chose de spécial à vous montrer…

– Qui l'a achetée ? lui demanda Po, sans faire attention à son baratin publicitaire.

L'homme écarquilla les yeux, essayant de se rappeler les détails.

– C'était une dame qui voyageait. Elle se dirigeait à l'est avec son nouveau mari. Elle a acheté la coupe pour ses bijoux, répondit-il enfin.

Po acquiesça. Son visage resta impassible, mais il se sentit satisfait.

Le marchand le prit pour un bon signe et reprit sa publicité :

– Je voudrais vous montrer quelque chose, Votre Altesse…, commença-t-il sur un ton de conspiration. C'est par un pur hasard que j'ai réussi à mettre la main sur cet objet, et j'ai tout de suite pensé à vous…

Il plongea précipitamment sous son comptoir et se mit à fouiller dans ses boîtes.

– Vous n'êtes pas obligé de l'acheter, bien sûr, sa voix étouffée vint jusqu'à Po. Mais cet objet est unique et extrêmement rare, et je pense qu'il faut que vous le voyiez.

Il sortit d'en dessous du comptoir tout rouge et essoufflé – il n'était vraiment pas en forme pour ce genre de mouvements. Mais les yeux du marchand brillaient de triomphe. Un petit objet enveloppé dans un bout de cuir transparaissait entre ses doigts boudinés. L'homme entrouvrit l'enveloppe avec révérence et la tendit au prêtre.

Po garda son air imperturbable. Avant même d'avoir vu ce qui était à l'intérieur, il savait déjà qu'il voulait l'avoir. Cependant, le contenu de l'enveloppe dépassa toutes ses attentes : le marchand lui tendait un rubis. Et pas n'importe quel rubis : la pierre était parfaitement ronde et grande comme sa paume. Dès que la lumière du jour caressa sa surface lisse, le rubis s'illumina d'une lueur mystérieuse, rouge comme le sang. La pierre paraissait vivante, dotée d'une personnalité puissante et capricieuse. Elle paraissait observer les gens autour, capable de pénétrer dans leurs pensées et secrets les plus intimes.

Po regardait le rubis avec fascination, incapable de dire un mot.

– On l'appelle « L'œil du dragon », murmura mystérieusement le marchand, à fond dans son rôle. C'est une pierre unique qui vient d'une grande île, loin au sud. On dit que cette pierre a un fort caractère et peut même tuer…

Pendant que Po admirait la pierre rouge, ses gardes s'ennuyaient à mourir. Ils bâillaient et regardaient nonchalamment les femmes qui passaient. Quant au garçon esclave, profitant du fait que tout le monde l'avait oublié, il s'avançait doucement vers le comptoir d'à côté, où deux femmes achetaient des fruits. Des pêches blanches, grandes et juteuses, y étaient exposées en pyramide. Le garçon n'y avait jamais goûté, mais leur odeur savoureuse et sucrée lui faisait tourner la tête et lui donnait l'eau à la bouche. En plus, il n'avait rien mangé depuis une journée entière et la tentation était bien trop forte pour qu'il puisse y résister. Alors, il décida de voler un beau fruit ou de mourir en essayant, car, de toute façon, sa vie était trop dure et pas intéressante.

Faisant de son mieux pour ne pas attirer l'attention, il s'avança lentement vers les pêches, le regard fixé sur le sol. Ses nerfs étaient à vif. Il lui semblait que chaque cellule de son corps observait les gens alentour.

Le temps pour arriver jusqu'au comptoir lui parut extrêmement long. Une fois sur place, il osa relever la tête et jeta un regard furtif autour de lui. Deux femmes se disputaient avec le marchand pour le prix, et Po et ses gardes étaient occupés ailleurs et ne le regardaient pas. Tout doucement, il tendit la main vers les pêches et attrapa la plus proche.

Personne ne réagit. Une vague d'anticipation agréable submergea le garçon. Il tira sur le fruit. Mais toute la pyramide tressaillit et le garçon se figea, apeuré. Le fait d'imaginer ce qui allait se passer si jamais la pyramide tombait lui fit se hérisser les poils sur sa nuque. Mais l'odeur des fruits était trop attirante, et son estomac gargouillait et se serrait péniblement. Le garçon avait tellement envie de goûter le beau fruit ! Tremblant de peur, il tendit sa main libre et attrapa une orange dans le sac de l'une des femmes qui se disputaient. Puis, il enleva vite la pêche et enfonça l'orange à sa place. La pyramide des pêches frissonna, mais ne s'écroula pas. Le garçon cacha rapidement la pêche volée sous sa tunique et commença à reculer, les jambes tremblantes. Il osa respirer seulement quand il s'est retrouvé enfin caché derrière Po.

Pendant ce temps-là, le gros marchand triomphait. L'intérêt du prêtre était évident. Il regardait la pierre sans ciller, et ses narines palpitaient nerveusement. Po s'inclina même un peu vers le marchand, attrapant au vol chaque mot de ce dernier.

— Regardez, il y a une cavité ronde juste au milieu de la pierre. Je suppose qu'il s'agit d'une boule d'air. Sa couleur est toujours un peu différente. C'est pour ça que la pierre ressemble à un œil vivant qui vous observe. C'est une espèce unique qui a besoin d'un maître plus puissant qu'elle, sinon…

— Combien ? l'interrompit Po, sa voix calme et ferme de nouveau.

— Quinze métrètes d'or, répondit le vendeur et le regretta immédiatement : c'était presque dix fois le prix qu'il avait payé pour la pierre ; c'était trop, même pour quelqu'un d'aussi riche que le prêtre principal.

Ce dernier leva le regard sur le marchand. Ses pupilles étaient serrées, et il était impossible de lire quoi que ce soit dans son regard violet et froid. Po fixa le bonhomme pendant un long moment et la panique du marchand monta jusqu'à l'engloutir. Il maudissait déjà son avarice, persuadé qu'il venait de tout perdre.

Soudain, le prêtre parla :

— Je te donne deux métrètes maintenant et je garde la pierre. Mes serviteurs t'apporteront le reste avant le coucher du soleil.

Le cœur du marchand bondit de joie dans sa poitrine. Il eut beaucoup de mal à étouffer un soupir de soulagement. Il se frotta les mains, se rendant compte qu'elles étaient moites de sueur ; après tout, il venait d'avoir la peur de sa vie.

— Très bien, Votre Altesse. De toute façon, je ne pensais pas partir avant demain matin.

Po ne l'écoutait plus. Il enveloppa soigneusement la pierre et la rangea dans sa poche. Il s'apprêtait à payer, comme convenu, lorsqu'un cri perça le brouhaha autour d'eux et le fit sursauter :

— Au voleur ! ...

Po se tourna sur lui-même et évalua rapidement la situation. Une femme criait et le marchand du comptoir d'à côté, rouge de colère, désignait Po du doigt.

— Il a volé mon fruit !

Les fruits n'intéressaient vraiment pas le prêtre principal. Il comprit immédiatement ce qui avait dû se passer. Sans même se retourner, il tira violemment sur la chaîne d'argent fixée autour de son avant-bras.

Terrifié par les cris et aveuglé par la douleur, l'esclave tomba à terre. Il toussait violemment et n'arrivait plus à respirer. Ce qui restait de la pêche tomba de sa main couverte de jus et roula dans la poussière.

Po se retourna lentement pour regarder le garçon souffrir. Il tira sur la chaîne encore et encore. Sa victime s'étouffait, agonisante. Les yeux écarquillés de souffrance sur son visage rouge, le garçon se tortillait dans la poussière. L'anneau métallique lui entaillait la peau et le sang tacha le col de sa tunique. Sa bouche et ses narines étaient pleines de poussière, à laquelle se mêlaient les larmes qui coulaient sur ses joues.

Les gardes regardaient l'agonie du garçon avec amusement. S'attendant à un long spectacle, ils s'appuyèrent sur les colonnes en bois qui soutenaient le toit des rangées marchandes.

Une foule de curieux forma un cercle autour du prêtre qui torturait sa proie. Certains visages montraient la peur et le dégoût, tandis que d'autres étaient excités par la vue du sang et des souffrances.

Le prêtre principal continuait à tirer violemment sur la chaîne. Ses yeux violets brillaient d'une satisfaction maladive sur son visage froid et immobile, comme s'il était ciselé en pierre. Le prêtre paraissait prendre un plaisir pervers dans la souffrance de l'enfant, au point d'en vouloir toujours plus.

Soudain, quelqu'un se jeta vers l'avant et saisit la chaîne en argent.

– Ça suffit !

La foule retint son souffle. Une fillette brune et mince osait s'opposer au prêtre principal ! Po se figea un instant, surpris.

La fillette s'accroupit rapidement devant l'esclave agonisant et toucha l'anneau à son cou. Soit la violence de Po avait été trop forte pour la serrure, soit une autre raison en était la cause, mais l'anneau s'ouvrit et relâcha le cou du garçon.

Il attrapa l'air avidement entre les crises de toux qui secouaient tout son corps. Il s'accrocha au bras de la fillette comme on s'accroche à la vie, gobant l'énergie apaisante que la fillette lui envoyait.

Po se remit vite de son choc. Une nouvelle victime, toute fraîche se tenait devant lui, et il allait en profiter pleinement. Ses lèvres fines se tordirent et ses narines palpitèrent déjà dans l'anticipation des cris de douleur. Il leva lentement la main, savourant le moment, prêt à jeter un sort à la fillette.

Comme si elle avait compris son intention, la fillette leva les yeux et croisa son regard.

Le prêtre principal en eut le souffle coupé. Son visage devint blême et il oublia le sort qu'il s'apprêtait à jeter.

Cela ne pouvait pas être possible. Il n'arrivait pas à y croire ! C'était elle ! Ce visage l'avait hanté pendant des années ! Un torrent de souvenirs frais et douloureux engloutit Po, comme si tout cela s'était passé à peine hier. Une belle sorcière à la magie ancienne et inconnue. Celle qui devait lui appartenir, à lui tout seul ! Il avait comploté pendant de longues années, il avait supporté tant de souffrances et d'humiliations, il était si près de son but, si près ! Mais elle l'avait laissé seul, défait, empli d'une colère amère et brûlant de désirs insatisfaits. Elle était son rêve le plus cher et sa douleur la plus profonde. Po pensait qu'il ne la reverrait jamais, mais, par un pur miracle, elle était là, devant lui !

La réaction de Po ne troubla guère la fillette. Elle lui jeta un regard dédaigneux et dit :

– Tu n'as pas honte ? Ce n'est qu'un garçon ! C'est facile de faire du mal à quelqu'un qui est trop faible pour riposter !

Le garçon était toujours essoufflé, sa tête appuyée sur le genou de la fillette.

Po gardait le silence. Il avait besoin de se calmer d'abord. Il prit une profonde inspiration pour ralentir les palpitations folles de son cœur.

– Tu préfères que je fasse du mal à quelqu'un de plus fort ?

La fillette roula des yeux, incrédule :

– Je ne veux pas que tu fasses du mal à qui que ce soit !

Po n'arrivait pas à la quitter des yeux. Il avait du

mal à croire qu'elle était réelle. Il allait la garder. Elle lui appartenait de plein droit. C'était logique. Cette fillette était sa récompense pour plusieurs longues années de souffrance. Pendant qu'il réfléchissait au sort à utiliser, tout en s'efforçant de se ressaisir, il demanda :

– Quel est ton nom ?

La fillette le regarda d'un mauvais œil et ouvrit la bouche pour répondre.

Mais Po n'entendit pas sa réponse. Avec un bruit assourdissant, une des colonnes qui tenaient le toit se cassa sous le poids d'un garde.

Tombant en arrière, l'homme ne put retenir un cri d'effroi et de douleur. Le hurlement de la foule couvrit tous les autres bruits. Dans sa chute, le garde s'accrocha au comptoir fruitier, qui s'écroula. Une avalanche de fruits et de légumes se déversa sur lui.

La panique s'empara brièvement de la foule. Les gens criaient et se bousculaient pour s'éloigner de la colonne cassée. Cependant, le toit n'était pas tombé ; seulement une partie pendait très bas, au-dessus des stands. Peu à peu, la panique s'évanouit.

Debout parmi les fruits poussiéreux, Po ne voyait plus que la chaîne cassée, dont un bout était toujours dans sa main. La fillette et l'esclave avaient disparu.

La colère et la déception l'engloutirent et il rugit comme un animal blessé.

– Où est-elle ? cria-t-il après son autre garde.

Mais ce dernier ne pouvait que hausser les épaules, impuissant.

– Trouvez-la ! aboya Po. Il jeta la chaîne inutile par terre. Il n'en avait plus besoin.

– Tu vas voir, Melaina, marmonna-t-il. Tu vas voir qui sera le vainqueur maintenant que tu es de retour !...

L'esclave

Pendant ce temps-là, Anna courait dans la rue d'à côté. Le garçon était accroché à son bras. Malgré sa faiblesse, il faisait de son mieux pour suivre Anna. Il comprenait que sa survie en dépendait.

Cependant, il dut ralentir rapidement, son corps fragile étant secoué par la toux.

Anna s'arrêta et regarda autour d'elle, désespérée. Ils étaient en plein milieu d'une ruelle minuscule. Les murs en pierre couraient des deux côtés, les séparant des maisons et des cours.

Elle n'allait pas abandonner le garçon maintenant.
– On va escalader le mur, lui annonça-t-elle.
Il hocha la tête.

Un grand vase en céramique se trouvait à côté du mur. Anna souleva son couvercle en bois et le laissa retomber, écœurée. Dedans il y avait des ordures.

Ils n'avaient pas de temps à perdre. Anna plaça

les pieds dans les cavités entre les pierres et grimpa. Elle tenta de s'appuyer sur le couvercle du vase. Le couvercle était assez solide pour supporter son poids, mais le vase bougeait. Agile, Anna s'agrippa au mur et se hissa au sommet.

De l'autre côté du mur, il y avait une maison avec une cour et une ancienne étable un peu plus loin. L'endroit paraissait désert.

Anna se retourna et fit signe au garçon de la suivre.

C'était plus difficile qu'elle s'imaginait. Il était faible et n'avait pas encore récupéré son souffle. Son corps tremblait et ses pieds nus glissaient sur le mur.

Anna s'efforçait de ne pas le presser, mais ses nerfs étaient à vif et son instinct l'avertissait du danger. Elle savait qu'on les cherchait déjà. Du haut du mur, elle remarqua un bout de corde par terre.

– Je reviens, chuchota-t-elle au garçon et bondit de l'autre côté.

Le mur était assez haut et le sol en dessous était desséché. L'impact résonna jusqu'à ses cuisses. Mais elle l'oublia instantanément lorsqu'elle entendit les pas rapides de leurs poursuivants.

La panique la submergea. Son cœur battait la chamade dans ses oreilles. Il fallait sauver le garçon.

Nim était venue à leur secours en cassant la colonne du marché. Maintenant, c'était à elle d'agir. Elle attrapa la corde et grimpa de nouveau.

Le garçon était toujours au sol, les pieds en sang. Les larmes coulaient abondamment sur ses joues sales. En le voyant ainsi, Anna eut un pincement au cœur. Elle fit un effort pour ne plus penser au bruit des pas qui se rapprochaient et tendit la corde au garçon avec un sourire encourageant.

Le nouvel espoir illumina son visage lorsqu'il attrapa le bout de la corde. Il se mit à escalader le mur. Il était plus petit qu'Anna, mais assez lourd. Anna dut s'agripper de toutes ses forces pour ne pas lâcher la corde.

Leurs poursuivants s'approchaient vite. Anna ne pouvait plus contenir son effroi.

– Vite, vite ! le pressa-t-elle à voix basse.

Ce fut une erreur : les yeux du garçon s'emplirent de panique et il perdit sa prise. Au dernier moment, son pied trouva le vase, qui faillit se renverser.

Anna réagit rapidement. Elle lui tendit la main. Utilisant le vase pour se propulser, le garçon l'attrapa. Le vase tomba. Son contenu puant se déversa sur le pavé au moment exact où leurs poursuivants apparurent dans la rue.

— Attrapez-les ! cria le garde de Po.

Heureusement, personne ne voulait se jeter dans les ordures.

La voix du garde donna une nouvelle énergie au garçon. Il se remit à grimper. À bout de souffle, Anna l'attrapa par la tunique et le tira vers elle, les genoux enfoncés dans la surface râpeuse de la paroi. Cela fonctionna. Ils glissèrent et tombèrent dans la cour. Anna entendit le gémissement de douleur du garçon, mais ne s'arrêta pas. Ils étaient toujours en danger. Elle le remit debout et le poussa vers l'ancienne étable.

Elle était vide et sentait le renfermé, la poussière et la paille moisie. Les trous dans le toit laissaient pénétrer les rayons du soleil.

Les enfants montèrent au grenier et se barricadèrent avec des bouts de bois pourri et de la paille.

Anna eut à peine le temps de finir lorsque le bruit des pas et les voix des poursuivants retentirent dans la cour. Effrayés, les enfants se figèrent. Ils avaient même peur de respirer.

Quelqu'un fit irruption dans la maison et se mit à fouiller, tandis que d'autres faisaient de même dans la cour.

La vieille porte de l'étable s'ouvrit avec un grincement. Le garçon se mit à trembler. Il se mordit la lèvre, des gouttes de sueur brillant sur son front et ses tempes.

Quelques hommes entrèrent.

Le cœur d'Anna battait à se rompre. Elle se mordit le poing pour ne pas respirer trop bruyamment.

Les hommes fouillaient l'étable et déplaçaient à coups de pied les vieilleries qui jonchaient le sol. Leurs voix paraissaient très fortes.

Les enfants sursautaient à chaque coup. Le garçon ferma les yeux, pleurant de plus belle. Que se passerait-il si on les trouvait ? Sans doute quelque chose de terrible.

Le garde de Po entra. Le son de sa voix fit trembler le garçon. Anna lui jeta un regard terrifié. Mais il semblait ne pas être capable de s'arrêter. Ses dents s'entrechoquaient d'horreur. Anna sentit une sueur froide couler le long de son dos. On allait les entendre ! Elle devait tenter quelque chose.

Son cœur battant la chamade, elle s'approcha doucement de leur barricade. À travers un trou, elle vit un homme qui se tenait à côté de l'échelle chancelante du grenier. Sous son regard pétrifié, l'homme se mit à monter. Le vieux bois grinça péniblement sous son poids. Cette fois-ci, ils étaient coincés.

Un rayon de soleil que le vieux toit laissait entrer tomba sur l'homme qui montait. Anna eut une idée. Agissant sur cette inspiration soudaine, elle leva le regard et jeta un sort.

Une poutre pourrie émit un grincement douloureux et se cassa. Lentement d'abord, puis de plus en plus vite, elle s'écroula, accompagnée d'une pluie de paille et de poussière.

L'homme poussa un cri et bondit de l'échelle. Il évita à peine la poutre.

Mais Anna avait trop peur pour s'arrêter là. Une autre poutre se cassait déjà.

Les hommes se jetèrent vers la sortie, les bras au-dessus de leurs têtes. Ils laissèrent la porte ouverte.

Anna sourit, soulagée. Elle prit quelques profondes inspirations pour se calmer. Ses mains tremblaient. Après un petit moment, elle se tourna vers le garçon. Ce dernier la dévisageait, bouche bée.

— Quoi ? lui demanda-t-elle à voix basse.

Il cligna des yeux et déglutit avant de retrouver sa voix.

— Tu es une sorcière ?

Ce fut la première fois qu'elle l'entendit parler. Elle haussa les épaules.

— Oui.

— Mais les sorcières sont bannies de la ville !

— Ah bon ? Mais Po, le prêtre principal, fait de la magie !

— Il est le seul qui a le droit…

Anna le regarda attentivement.

— Pourquoi te torturait-il ?

Le garçon se raidit, apeuré.

— J'ai volé un fruit doux, balbutia-t-il.

Anna n'en revenait pas.

— Tu veux dire, il fait ça souvent ?

Le garçon hocha la tête, sans croiser son regard.

Révoltée, Anna fronça les sourcils. Nim lui avait dit que Po était fou, dangereux et cruel, mais jusqu'à présent, elle avait eu du mal à l'imaginer.

Les voix à l'extérieur s'estompèrent peu à peu. Leurs poursuivants étaient partis. Anna défit doucement leur barricade et se hissa sur l'échelle.

— Reste ici et ne fais pas de bruit, dit-elle au garçon. Je vais nous trouver de l'eau et de quoi manger, si on a de la chance.

Elle revint rapidement. Leurs poursuivants avaient laissé la porte de la maison grande ouverte et elle trouva à l'intérieur un bout de pain et de l'eau.

Pendant que le garçon mangeait, elle lui lava les pieds et, en quelques incantations, referma ses plaies.

Le garçon l'observait attentivement, tout en dévorant son pain.

— Est-ce que n'importe qui peut devenir sorcier ? demanda-t-il enfin.

— J' sais pas... Je pense, il faut l'apprendre.

Les yeux du garçon s'illuminèrent, mais il n'était pas encore prêt à lâcher le pain qu'il tenait des deux mains, comme s'il avait peur que quelqu'un le lui prenne.

— Tu peux m'enseigner ? chuchota-t-il enfin, les yeux pleins d'espoir.

— Euh... c'est vraiment long...

En vérité, elle n'avait aucune envie de lui expliquer la magie. Elle était fatiguée après avoir couru et grimpé, et le stress et les sorts qu'elle avait jetés l'avaient épuisée encore plus. Mais le garçon se mit à supplier, ses yeux incolores de nouveau remplis de larmes :

— Je t'en prie ! ... S'il te plaît, une incantation ! Juste une !

La fillette poussa un soupir. Elle n'arrivait pas à lui dire non après tout ce qu'il avait traversé.

— Bon, d'accord. Arrête de manger et aide-moi à soigner ton cou. Après, je vais t'expliquer l'incantation que je viens d'utiliser.

Le garçon lui adressa un sourire radieux. Il était assez sympathique quand il souriait. À contrecœur, il posa le pain à côté et étira son cou.

Anna le soigna et commença à lui expliquer l'incantation. Seulement, il ne voulait pas apprendre comment soigner. Savoir casser les poutres lui paraissait plus utile et intéressant. Anna finit par lui expliquer rapidement comment cela fonctionnait et s'allongea sur le sol du grenier.

— La magie puise dans ton énergie, donc ne pratique pas trop.

Elle bâilla et ajouta :

— Je vais dormir, et je te conseille de faire de même.

À la tombée de la nuit, Nim apparut dans l'étable.

Les enfants dormaient, blottis l'un contre l'autre sur le sol du grenier.

Ce fut le garçon qui sentit sa présence le premier. Il se réveilla et la dévisagea, le regard ensommeillé. Puis, il recula précipitamment et tira Anna par la main pour la réveiller.

Anna ouvrit les yeux et bâilla.

— Quoi ? puis elle vit Nim et sourit. C'est Nim ! Elle ne te fera pas de mal.

Anna s'assit et se frotta les yeux. Le garçon s'accroupit à côté, toujours méfiant.

Sa méfiance ne dérangeait guère Nim, qui ouvrit son sac et sortit du pain, du fromage et une gourde de lait. Elle partagea la nourriture entre les enfants.

Les enfants se mirent à manger avec appétit.

La femme attendit patiemment, puis sortit de son sac quelques belles pommes.

Désormais, le garçon la dévisageait avec reconnaissance. Il lui fit même un petit sourire. Sa confiance était acquise.

— Comment t'appelles-tu ? lui demanda Nim enfin.

— Esclave.

— Quoi ? s'étonna Anna. Mais ce n'est pas possible !

Il la regarda, confus, puis haussa les épaules.

— On m'appelle aussi « saleté » ou « moche ». Peu importe.

— Mais c'est horrible !

Le garçon s'arrêta de manger et réfléchit. La réaction d'Anna le troublait.

— Te souviens-tu de tes parents ? demanda Nim.

L'enfant hocha la tête avec conviction.

— Ils sont beaux et forts. Ils ont la peau bronzée et les cheveux noirs.

Il croisa le regard perçant de Nim et poursuivit :

— Un jour, ils vont venir et ils vont me sauver du prêtre et de ses gardes…

Plus il parlait, plus sa conviction se dissipait.

— Ils vont… m'aimer…, finit-il sur une toute petite voix, les yeux remplis de larmes amères.

Anna passa le bras autour de ses épaules et caressa ses cheveux ébouriffés.

— C'est pas grave, lui chuchota-t-elle. Moi non plus, je n'ai pas de parents.

Le garçon éclata en sanglots.

Anna adressa à Nim un regard interrogateur, cherchant ce qu'elles pouvaient faire pour l'aider.

— Donne-moi ta main. Je te dirai quelque chose sur tes parents, lui proposa Nim.

Restant dans les bras d'Anna, le garçon tendit à la femme fée sa main sale.

Nim la scruta pendant un moment avant de dire :

— En effet, ta mère est en vie. Après ta naissance, tes parents ont pris le bateau pour aller dans un autre pays, au nord. Ils vous ont pris avec eux, ton frère et toi. Mais le bateau a été attaqué. Ton père est mort ;

ton frère et toi, vous êtes devenus esclaves. Ta mère et ton autre frère pas encore né ont atteint leur destination. Ils ont beaucoup pleuré la perte de vous trois.

Le garçon ne pleurait plus. Il écoutait Nim de toutes ses oreilles.

– Est-ce que je peux les retrouver ?

Nim sourit et acquiesça.

– Bien sûr. Tout dépend de toi. Maintenant, tu es libre. Fais juste en sorte que le prêtre ne t'attrape plus jamais.

Le garçon fronça les sourcils. Une multitude de pensées tournoyait dans sa tête. Enfin, il demanda :

– Mais, comment est-ce que je les reconnaîtrai, si je les trouve? Et s'ils ne m'acceptent pas ?

– Bien sûr qu'ils vont t'accepter ! le rassura Anna. Je peux parier que tu as la même tête qu'eux. Ils sont grands, ils ont la peau blanche et les cheveux blonds, ils sont courageux et forts et … ils doivent avoir la même forme de visage que toi.

Le garçon s'essuya le nez sur sa tunique et toucha son visage, la lueur d'un nouvel espoir dans ses yeux.

– Je pense qu'il est plus facile pour toi de retrouver ton frère d'abord, lui dit Nim. Il est esclave dans la ville portuaire, à l'est. Nous pouvons t'y accompagner, si tu veux. Ton frère est plus âgé que toi. Il travaille avec des pêcheurs. Tu lui ressembles. Son vrai nom signifie « aigle » dans sa langue natale.

– Et c'est quoi mon vrai nom ?

Nim fronça les sourcils.

– Je ne le vois pas clairement. Il n'a pas de signification particulière… c'est ta mère qui l'a inventé, je crois.

Les épaules du garçon retombèrent tristement.

– Je ne veux plus être appelé « esclave ».

Le visage d'Anna s'illumina.

– Nim, tu es la meilleure des magiciennes et la personne la plus sage au monde. Tu peux lui donner un nom qui sonne bien !

Nim et le garçon la regardèrent, étonnés. Aucun d'eux n'y avait pensé.

Le garçon réagit le premier. Il se redressa et quitta enfin les bras d'Anna. Il prit Nim par la main et la supplia :

–S'il te plaît, trouve-moi un nom !

Nim mordit sa lèvre. Elle hésita un instant sous le regard inquiet du garçon. Enfin, elle sourit :

– D'accord. Je te nomme Alan, ce qui signifie « clair » et « beau ».

Le garçon réfléchit un instant, perplexe, puis demanda :

– « Clair » comme « blond » ? Pour mes cheveux ?

Nim sourit.

– Pour tes cheveux, aussi.

Le garçon attendait qu'elle explique, mais elle ne rajouta plus rien. Quant à Anna, elle était ravie.

– J'aime ce nom, dit enfin Alan. Merci.

Nim hocha la tête.

Quelque temps après, ils quittèrent l'étable.

La nuit était douce et le ciel couvert de nuages. La pluie n'allait pas tarder. Cela convenait parfaitement à leur petit groupe, qui ne cherchait que la discrétion. Ils marchaient prudemment, en silence. Nim était devant et les enfants la suivaient, main dans la main.

Anna s'inquiétait sincèrement pour Alan ; elle n'était pas sûre que le garçon arrive à garder le silence dans l'obscurité et à ne pas se faire mal. Mais il s'en sortait plutôt bien. La vie dure chez Po lui avait appris beaucoup de techniques de survie, dont celle de ne pas se faire remarquer, qui occupait la première place. Il n'avait aucun souci pour marcher sans faire de bruit ni pour éviter des trous et des objets.

Ils recommencèrent à parler seulement quand ils arrivèrent à la cabane de Nim. Celle-ci montra à Alan l'endroit où se laver et réussit à lui trouver des habits propres. Ensuite, elle retourna à la cabane avec Anna.

— Merci de nous avoir sauvés, lui dit Anna.

Sans la regarder, la femme répondit :

— De rien.

Une tension légère dans sa voix provoqua chez Anna un sentiment de culpabilité.

— Nim, quelque chose ne va pas ? Tu es fâchée contre moi ?

Nim se tourna vers elle.

— Non, je ne suis pas fâchée. Quant aux choses qui ne vont pas, après ta splendide apparition devant ton pire ennemi, je pense que nous allons partir avant l'aube. Les gardes de Po t'ont cherchée toute la journée ! Ils ont fouillé toutes les maisons de la ville !

Anna ouvrit de grands yeux.

— Toute la journée ? Vraiment ?

— Eh oui ! Tu ressembles trop à ta mère. Po t'a

reconnue immédiatement. N'as-tu pas vu comment il te regardait ?

– Pas vraiment. Comment ?

Nim inclina la tête, se remémorant l'expression de Po. Ce n'était pas facile à décrire.

– Je dirais, surprise, satisfaction, intérêt maladif. Peut-être même soif de vengeance... Il ne s'attendait pas à te voir, mais, évidemment, tu étais pour lui une proie beaucoup trop intéressante. C'est pour ça qu'il t'a laissée libérer son esclave. Et c'est pour ça que nous partons.

– Oh...

Elles gardèrent le silence un moment. Peu à peu, Anna se rendait compte du danger auquel elle avait échappé grâce à l'incantation de Nim. Elle se souvint de la torture qu'il avait infligée au pauvre garçon. Et si Po était parvenu à l'attraper ? Son intuition lui disait que rien de bien ne pouvait en découler. Mais, désormais, toutes leurs chances de découvrir ce qui était arrivé aux parents d'Anna étaient ruinées. Soudain, Anna se sentit malheureuse.

– Tu penses que je n'aurais pas dû intervenir ?

– Je pense que c'était dangereux et imprudent, répondit Nim.

Le cœur d'Anna se serra.

— Mais je ne t'en veux pas. Je sais que j'aurais fait la même chose.

Anna se gratta le bout du nez pour cacher un sourire. Elle savait qu'elle était la personne la plus chanceuse au monde, car elle avait Nim à ses côtés.

Ils partirent quand il faisait encore nuit. Ils voyagèrent en silence ensommeillé jusqu'au petit déjeuner, et ne se mirent à parler qu'après.

Alan leur parla de sa vie chez Po, des habitudes et de la cruauté du prêtre principal. De temps à autre, Nim lui demandait des précisions. Anna se contentait d'écouter attentivement. Plus le garçon parlait, plus elle était contente de l'avoir libéré.

Le soir, ils s'arrêtèrent et firent un feu. Alan participait volontiers à la préparation du dîner, écoutant attentivement les explications de Nim sur les plantes et les racines comestibles.

— Maintenant que tu es libre, tu peux en avoir besoin un jour, lui expliqua Nim.

Alan se mordit la lèvre.

— J'ai hâte de retrouver mon frère. Mais, que faire s'il ne m'aime pas ?

Anna lui adressa un sourire encourageant.

— Bien sûr qu'il va t'aimer ! Il doit avoir hâte de retrouver quelqu'un de sa famille, lui aussi ! De toute façon, il vaut mieux s'attendre à ce que tout ce passe bien. Ainsi, si jamais tout se passe mal — et je suis sûre que ce ne sera pas le cas —, tu auras assez de temps pour t'inquiéter.

Alan y réfléchit, puis sourit.

— Je vais essayer.

Il regarda Anna couper les plantes en morceaux, puis les jeter dans le chaudron, et ajouta :

— Je suis désolé que tes parents t'aient abandonnée.

Anna faillit laisser tomber son couteau.

— Oh non ! Ils ne m'ont pas abandonnée ! Ils sont morts !

Alan s'excusa de nouveau, et la conversation passa à autre chose.

Cette nuit, Anna ne pouvait pas dormir. Les mots d'Alan tournoyaient dans sa tête. Elle avait beau essayer, elle n'arrivait pas à les chasser. En vérité, elle n'arrivait pas à trouver assez d'arguments pour le nier. Cela sonnait trop vrai : après tout, ses parents l'avaient abandonnée. Plus elle essayait de lutter contre cette pensée, plus cela faisait mal. Elle se tournait et se retournait dans l'obscurité, incapable de trouver le sommeil.

— Anna, le chuchotement de Nim la fit sursauter. Pourquoi ne viens-tu pas me parler si tu es triste ?

La fillette ne savait pas quoi répondre. Elle n'arrivait pas à formuler la vraie raison.

Mais Nim savait déjà ce qui la préoccupait.

— Ils t'ont laissée uniquement parce qu'ils ne pouvaient pas faire autrement.

Anna sentit les larmes lui piquer les yeux. Nim venait de le dire, elle aussi : ils l'avaient laissée ! La douleur provoquée par cette découverte était insupportable. Anna se sentit malheureuse et petite, et très très seule. Elle pressa le poing contre sa bouche et pleura en silence, tremblant de tout son corps.

Nim tendit la main et lui caressa les cheveux.

Bizarrement, ce geste provoqua chez Anna un tout autre sentiment, la colère. Une colère forte et brûlante, dirigée contre eux tous : ses parents pour l'avoir abandonnée et pour lui avoir fait mal, Nim pour ne lui avoir pas dit, pour… tout ! Elle repoussa la main de Nim et siffla :

— Elle aurait pu rester !

— Non, elle n'aurait pas pu rester !

La réponse de Nim tomba comme un coup de fouet. Anna ne l'avait jamais entendu parler sur ce ton. Cela la fit frissonner et elle regarda la vieille femme.

— C'est très égoïste de ta part de penser ainsi ! Tu aurais voulu que ta mère souffre ?! Dis-moi !

Anna déglutit, ne sachant pas quoi répondre.

Nim continua plus calmement :

— Tes parents partageaient une âme. Je te l'ai déjà dit. Si ta mère avait fui avec toi, les prêtres fous auraient fait un mal innommable à ton père. Ils cherchaient à séparer tes parents complètement. Une souffrance énorme, inimaginable attendait Ronen et Melaina dans ce cas. Ils auraient souffert éternellement, ou jusqu'à ce que quelqu'un les libère. Tu ne comprends pas, pas encore, mais un jour tu comprendras. Toi aussi, tu vas trouver l'autre moitié de ton âme. Donc, essaie de ne pas juger tant que tu n'as pas compris.

Anna se sentit perplexe. Elle essayait d'intégrer les paroles de Nim.

Au bout d'un moment de silence, Nim rajouta :

— Tes parents n'avaient pas peur de la mort. Mais

ce qui les attendait était bien pire. Comment te sentirais-tu si tu voyais ta mère souffrir, jour après jour, sachant qu'elle souffre parce qu'elle a choisi de rester avec toi au lieu de sauver son amour ? Comment te sentirais-tu si tu savais que, pour qu'elle soit avec toi et te regarde grandir, ton père avait sacrifié son âme même ?

Anna n'arrivait plus à parler. Des larmes silencieuses coulaient toujours de ses yeux, mais la colère avait disparu. Elle ne comprenait pas complètement, mais elle savait que Nim avait raison. Elle regrettait ses pensées égoïstes.

Nim tendit le bras vers elle et l'embrassa.

Anna l'embrassa aussi, pleurant encore plus fort. Nim lui caressa les cheveux et la tint dans ses bras jusqu'à ce qu'elle se calme. Ensuite, elle aida Anna à s'installer confortablement dans son lit improvisé et lui ajusta la couverture.

— Je suis désolée, marmonna Anna se sentant vraiment coupable.

Nim lui sourit.

— Tout va bien. Tout le monde fait des erreurs. Elle se pencha et déposa un baiser sur le front de la fillette. Parfois il faut laisser partir quelqu'un que tu aimes. Cela ne veut pas dire que tu ne peux pas les garder dans ton cœur et dans ton esprit pour toujours.

Quelques jours après, ils arrivèrent à la ville où, selon Nim, vivait le frère d'Alan.

Nim et Alan partirent le chercher, tandis qu'Anna dut rester dans la forêt, au cas où les gardes de Po la chercheraient toujours.

Anna détestait attendre. Elle tenta de s'occuper au maximum : elle ramassa assez de champignons pour les trois jours à venir, elle nagea dans la rivière, elle écouta les oiseaux et les animaux… Mais ses pensées étaient avec Nim et Alan, et, de temps en temps, elle revenait à la clairière où ils devaient se retrouver.

À la tombée de la nuit, Nim revint toute seule.

– Nous avons trouvé son frère. C'est un bon garçon. Alan est avec lui maintenant, annonça-t-elle.

Anna se sentit triste, sans savoir pourquoi. Alan paraissait si petit et vulnérable qu'elle ne pouvait pas se débarrasser de l'idée qu'il aurait fallu le garder avec elles.

Nim devina facilement ses pensées.

– Pour lui, c'est mieux ainsi. Il a sa propre vie, qui

ne va pas dans la même direction que les nôtres.

Anna la regarda, dubitative.

— Mais si jamais il se fait attraper, ou si quelqu'un d'autre le prend comme esclave ? Il n'est pas habitué à vivre seul. Et puis, comment va-t-il trouver à manger… ?

Nim sourit.

— Ne t'inquiète pas. Son frère prendra soin de lui. Et puis, Alan est plus fort que tu ne penses. Un jour, il sera plus fort que toi.

Anna ne put cacher sa surprise :

— Qu'as-tu vu ?

Nim ne détourna pas le regard, mais haussa les épaules.

— Je n'ai pas trop regardé, mais j'ai vu que tu le rencontreras encore, et qu'il t'aidera.

Anna se mordit la lèvre. Elle avait trop envie d'en savoir plus. Mais Nim n'étudiait l'avenir que lorsqu'il y avait un besoin urgent, et cette fois-ci, ce n'était pas le cas.

— Bon, d'accord, dit-elle enfin. Au moins, je peux être sûre qu'il va survivre.

— Oh oui, fut la réponse.

Deux moitiés d'une âme

Dix ans plus tard

Anna allait en ville à cheval toute seule.

Le matin était doux, le ciel était clair et les oiseaux chantaient comme si c'était le printemps. La journée même était joyeuse.

Anna portait une simple robe de voyage de couleur marron, comme la plupart des femmes de la région. Ses longs cheveux noirs tombaient librement sur ses épaules et sur son dos, maintenus uniquement par un bandeau de cuir. Son sac de voyage accroché à la selle à côté de la gourde d'eau était pratiquement vide. Elle avait laissé son arc dans leur cabane forestière, pour paraître aussi ordinaire que possible. En cas de danger, elle comptait sur ses connaissances en magie.

Dix années s'étaient écoulées depuis leur dernière

visite dans sa ville natale. Les changements qui étaient intervenus entre-temps ne faisaient que stimuler la curiosité déjà importante d'Anna.

Elles étaient arrivées sept jours avant, mais Nim ne permettait pas à Anna d'aller en ville pour des raisons de sécurité.

Cependant, ce jour-là était particulier. Quand Anna s'était réveillée le matin, elle savait qu'elle ne pouvait plus rester dans la forêt. L'envie de se rendre en ville était plus forte que jamais. Elle attendit que Nim soit partie et quitta la cabane, cachant ses traces pour que son départ paraisse aussi innocent que possible, au moins pour un bref moment. Elle pensait qu'une petite balade à cheval ne ferait de mal à personne. Elle allait seulement jeter un coup d'œil aux alentours, car le désir de découvrir quelque chose sur ses parents était très fort.

Son cheval monta la colline et s'arrêta. D'ici, on pouvait voir toute la ville.

À son grand étonnement, la ville paraissait déserte. Les rues étaient étrangement propres ; les maisons décorées de fleurs étaient silencieuses. Les murailles blanches du château reflétaient le soleil, éclairant les bâtiments adjacents. Même le château paraissait vide.

Il y avait quelque chose d'adorable dans cette ville qu'Anna connaissait à peine, malgré qu'elle y soit née. Dans ce silence immobile, elle y percevait les traces de ses ancêtres, de leur sagesse et des connaissances qu'ils avaient déployées pour la construire. Anna ne put résister à la tentation et fit descendre la colline à son cheval. Elle avançait lentement, émerveillée, explorant les rues vides et profitant de cette liberté inattendue.

La dernière fois qu'elle l'avait vue, la ville était sale. À la place des fleurs, les déchets et les ordures couvraient les rues. Il y avait des pauvres qui mendiaient à chaque coin. Mais, aujourd'hui, la ville était belle et éblouissante dans sa gloire. Toujours curieuse, Anna décida de trouver la cause de ce changement et dirigea son cheval vers la plage.

La plage se situait plus bas que la ville, au pied des dernières collines. En s'y approchant, Anna entendit de la musique.

La ville n'avait pas de port. La ligne côtière était trop rocheuse et les plages trop petites. La plage vers laquelle Anna se dirigeait était la plus grande. Il y avait deux quais en bois, où les pêcheurs attachaient leurs barques.

Anna ralentit son cheval et lui fit monter une

colline à droite de la route, pour avoir une vue d'ensemble sans trop s'approcher.

Ce qu'elle vit l'étonna. Pratiquement tous les habitants de la ville étaient rassemblés là. Les plus riches et bien placés étaient sur la plage ; d'autres sur la route et les collines adjacentes. La reine, les prêtres et leurs gardes étaient alignés sur la plage, habillés comme pour une fête. À leur gauche, un groupe de musiciens jouait des mélodies joyeuses.

Ce n'était pas la foule qui attirait l'attention d'Anna, mais le plus beau bateau qu'elle ait jamais vu, amarré devant eux. Un bateau viking. Les têtes de dragon délicatement courbées ornaient la proue et la poupe. Le bateau était léger et gracieux, et Anna était sûre qu'il pouvait aller très vite. La voile était baissée, mais un drapeau blanc avec un oiseau comme emblème flottait au vent en haut du mât. La plupart des marins avaient les cheveux clairs. Ils attendaient que quelques barques locales s'approchent.

Bientôt, les barques locales revinrent, transportant quelques hommes et des cadeaux pour la reine. Les marins du beau bateau débarquèrent. Ils étaient grands, forts et barbus. L'un d'entre eux, apparemment leur capitaine, fit quelques pas en avant et leva la main pour saluer la foule.

À l'opposé de leurs hôtes, pour qui le rang social devait tout d'abord transparaître au travers de leurs habits, tous les marins vikings étaient habillés de la même façon. Tout comme son équipage, le capitaine portait une chemise blanche simple sous une veste épaisse en cuir, un pantalon en cuir et des bottes hautes. Le seul détail qui le distinguait était un grand corbeau noir perché sur son épaule.

La foule répondit à son salut, mais la reine et les prêtres restèrent immobiles et dédaigneux. Sans doute attendaient-ils une salutation plus élaborée, cherchant à souligner davantage leur statut important.

Voyant leur manque de réaction, la foule se tut aussi, obéissante.

Anna savait que le capitaine étranger avait compris la situation, même s'il ne l'avait pas montré. Curieuse, elle observa la scène depuis sa colline.

L'homme baissa le bras et s'arrêta en face de la reine, le regard fixé sur elle. Il se tint droit, les jambes légèrement écartées, comme s'il était toujours sur le pont du bateau qui bougeait sur les vagues.

Soudain, le croassement brusque de son corbeau retentit sur la plage. Le son était si strident et si inattendu que plusieurs personnes sursautèrent.

La musique s'arrêta, suspendue dans l'air.

La joie se transforma en tension inconfortable.

Mais ce n'était que le début. Le corbeau paraissait vouloir obtenir une réaction plus prononcée. Il ouvrit ses ailes puissantes et s'éleva dans les airs. Rapide et menaçant, il se précipita en direction de la reine et de son entourage.

Un frisson de peur parcourut la foule. Les gens s'écartaient précipitamment pour éviter l'oiseau terrifiant. La reine se baissa, se couvrant la tête avec les bras. Même les expressions des prêtres perdirent leur dédain.

Mais le corbeau ne toucha personne. Il survola la foule et continua vers Anna, suivi par quelques centaines de regards paniqués.

Apeuré, le cheval d'Anna hennit et fit un pas en arrière. Anna le retint instinctivement et tendit le bras vers l'oiseau, sans le quitter du regard.

Comme s'il acceptait son invitation, le corbeau se posa sur son poignet. Il replia les ailes et inclina la tête, étudiant Anna avec ses yeux noirs intelligents.

Curieuse, Anna l'étudia en retour. Du corbeau, son regard glissa vers son maître.

L'homme la regardait.

Ce fut comme un coup d'éclair. Anna frissonna, soudain à bout de souffle. Les yeux vert émeraude de l'homme regardaient droit dans son âme. Sa bouche s'entrouvrit en exclamation silencieuse lorsqu'elle sentit un courant puissant d'énergie exploser de sa poitrine. Elle sentit cette énergie s'étendre vers l'homme, formant un lien invisible entre eux.

Soudain, tout changea. Comme si la pièce manquante retrouvait enfin sa place, et Anna devint ce qu'elle était destinée à être. L'univers entier semblait différent.

C'était *lui*. Elle le connaissait de tout son être, depuis toujours, bien avant qu'elle soit née. C'était si simple et si vrai. Son cœur se pâma et des larmes lui montèrent aux yeux. C'était cet homme qui lui avait manqué. Elle vivait pour lui. Chaque pas, chaque souffle la menait à lui. Il était son vrai amour, l'homme dont la prophétie parlait. Il était le centre de toute son existence, l'autre moitié de son âme.

L'homme le savait aussi. Son regard surpris et émerveillé était plus parlant que les mots.

Même si son instinct lui signifiait la présence du danger, Anna était incapable de détourner le regard, de rompre cette connexion magique. Mais le corbeau prit son envol et se dirigea vers son maître.

Comme si elle s'était soudain réveillée, Anna vit toutes les têtes tournées vers elle. Elle sentit ses poils se hérisser en remarquant les yeux violets du prêtre principal. La lueur glaciale qui y brûlait lui fit penser à un serpent venimeux prêt à attaquer.

Terrifiée, Anna fit tourner son cheval et partit au galop, loin de la plage.

Le château

Le départ fut pénible pour Anna. Son cœur battait la chamade et ses joues la brûlaient. Tout son être mourrait d'envie de revenir auprès de cet homme, comme si elle tirait sur le lien invisible qui s'était formé entre eux. Plus il s'étirait, plus elle se sentait perdue et désorientée. Une douleur sourde et lancinante grandit en elle. Cette douleur n'était pas forte, mais assez gênante pour ne pas y penser.

L'homme restait devant ses yeux. Elle connaissait ses épaules fortes et bronzées et le toucher soyeux de ses longs cheveux clairs. Elle connaissait la douce tendresse de ses lèvres et son sourire qui irradiait tout autour. Anna avait l'impression de se souvenir de quelque chose de très cher qu'elle avait oublié, et, à chaque pas de son cheval, son envie de retourner vers lui grandissait.

Avec un mélange de joie et de panique, Anna

comprit que, désormais, ce serait toujours ainsi : elle ne se sentirait plus bien sans lui à ses côtés. Toute son existence avait complètement changé d'un seul coup, et, malgré ce malaise grandissant, elle était aux anges, émue, inquiète, submergée de sentiments qu'elle ne pouvait même pas nommer.

Anna pressa les mains contre ses tempes, s'efforçant de se ressaisir, tandis que son cheval continuait d'avancer dans les rues désertes de la ville. Mais lorsqu'il s'arrêta soudainement, elle revint à la réalité. Le portail du château en bois massif sculpté se dressait devant elle. Il n'était pas gardé.

Les pensées d'Anna prirent soudain une tout autre direction. Même s'il lui était impossible d'oublier l'homme qu'elle venait de rencontrer, elle était au moins capable de penser à autre chose.

Elle était initialement venue en ville pour trouver des informations sur ses parents. Toutefois, son comportement à la plage avait sans doute été interprété comme offensif. En plus, Po, son pire ennemi, l'avait remarquée. Ses efforts pour passer inaperçue réduits à néant ! Nim n'allait pas être contente. Anna n'avait pas l'intention de mentir à la femme fée. Elle s'en voulait de l'avoir déçue de nouveau. Il fallait qu'elle retourne à la forêt immédiatement.

Mais le portail non gardé la fit hésiter. Et si c'était l'occasion d'apprendre des choses ? Repensant à ses méfaits de la journée, Anna conclut qu'un de plus ne ferait aucune différence. Elle sauta à terre.

Le château se dressait devant elle, muet et engageant. Il avait la forme d'une énorme étoile à sept branches. Le marbre blanc poli de ses murs brillait au soleil. Il était glorieux et magnifique. Anna connaissait son histoire, naturellement.

Construit il y a très longtemps par le tout premier roi de cette terre, le château n'avait pas vieilli. Il symbolisait la grandeur des ancêtres d'Anna et était connu dans tout le pays, d'une mer à l'autre, et peut-être même plus loin.

Il y a bien longtemps, le premier roi avait épousé une princesse étrangère et s'était installé sur ces terres avec elle. Ils avaient besoin d'une forteresse pour être protégés des ennemis. Alors, ils bâtirent un château unique. La princesse venait du sud. Son souhait était de garder toujours le soleil dans la maison. Le roi trouva alors les meilleurs maîtres qui travaillèrent le marbre blanc le plus pur pour que les murs brillent comme des pierres précieuses, changeant de couleur et rayonnant dans le noir. Personne ne connaissait le secret de cette technologie ancienne, mais le vœu de la princesse fut exaucé : le château gardait et générait de la lumière. Une forteresse impénétrable de l'extérieur, dont on disait que l'intérieur était chaleureux et confortable.

Anna le regardait avec admiration. Elle y était née ! Combien de secrets se cachaient derrière ces murs scintillants ? L'anticipation et le sens du mystère lui chatouillaient les nerfs. Elle s'assura qu'elle était toujours seule et poussa les portes.

Les portes étaient fermées. Anna ne put réprimer un petit rire. Elle était une sorcière. Elle avait toujours sur elle son signe magique pour des occasions pareilles. Elle examina la serrure et tendit la main vers son poignet. Elle portait plusieurs bracelets autour de chaque poignet. Chaque bracelet servait à quelque chose. Celui qu'elle cherchait avait son signe magique qui y était accroché. Anna reconnaissait ses bracelets au toucher.

Seulement, le bracelet qu'elle cherchait n'était pas là. Étonnée, Anna regarda son bras. Puis, secoua sa jupe et ses poches. Rien. Soudain, elle se rappela le corbeau qui s'était posé sur son bras. Cela ne pouvait être que lui. Comme si le corbeau savait ou sentait, il avait choisi le plus utile de tous les bracelets.

Mais le fait de penser au corbeau fit battre plus

vite le cœur d'Anna, et déclencha toute une avalanche de souvenirs et de sentiments émouvants. Elle dut appuyer sa tête contre le marbre froid et compter lentement jusqu'à cinquante-sept pour se ressaisir. Même si toutes ces pensées étaient fort agréables, elle devait les mettre de côté. Elle était sur le territoire de l'ennemi et elle avait déjà assez de soucis comme ça. Il fallait rester alerte et avoir la tête claire.

Son signe magique lui aurait été très utile, mais ses pouvoirs n'en dépendaient pas, après tout. Anna posa la main sur la porte et prononça une incantation. La barre de bois qui fermait la porte bougea et tomba par terre de l'autre côté. Anna poussa la porte et se glissa à l'intérieur.

Elle referma la porte derrière elle, puis regarda autour d'elle. Elle était dans un grand passage en pierre qui menait à la cour. Attentive au moindre signe de mouvement, Anna s'avança jusqu'au bout et regarda dehors. La cour était propre et déserte. Dix étables se situaient de chaque côté du passage. Leurs portes en bois étaient arrondies et polies par des centaines de mains.

Anna entra dans la cour. Un frisson parcourut son dos à la seule pensée que ses parents et ses grands-parents avaient vécu dans cet endroit. Elle était la seule de toute la famille qui avait grandi ailleurs. Des émotions douces-amères la submergèrent. Comment ça aurait été de grandir ici, entourée de sa famille ? L'idée lui parut merveilleuse. C'était la vie pour laquelle elle était née, la maison et le bonheur qui lui avaient été injustement enlevés. Puisqu'il n'y avait personne pour la déranger, l'imagination d'Anna ressuscita les figures de son passé, lui montrant les traces cachées de sa famille.

La porte de la première tour se situait juste derrière les étables. Nim lui avait raconté que la tour de droite abritait la cuisine et les caves, et que les serviteurs vivaient dans la tour de gauche.

Anna remarqua une jolie galerie couverte, qui reposait sur des colonnes en pierre et liait les tours entre elles de l'extérieur. C'était un endroit idéal pour jouer à cache-cache. Chaque objet autour d'elle paraissait être son vieil ami, comme si chacun la saluait après une longue absence. C'était si émouvant que son cœur se serra, et soudain elle eut la sensation qu'elle connaissait tout cela, qu'elle le connaissait depuis toujours. Comme si une porte cachée s'était ouverte dans son esprit.

Anna s'approcha alors de la cuisine. La porte était

fermée. Écoutant son instinct, Anna se pencha et glissa la main sur les briques du mur. Dans une petite cavité juste au-dessus d'un vieux seau, elle trouva une grande clé ancienne. Elle l'inséra dans la serrure. La porte s'ouvrit facilement. Le cœur d'Anna battait la chamade.

Elle savait ce qu'elle allait trouver avant même qu'elle le vît : deux marches en pierre qui menaient dans la grande pièce avec un foyer et un four énorme à gauche, des rayons avec la vaisselle à droite et deux fontaines d'eau au centre.

La cuisine était exactement comme Anna l'imaginait. Une seule torche l'éclairait. Des plats, des plateaux et des vases avec toute sorte de nourriture de fête fraîchement préparée attendaient leur tour sur les longues tables. L'odeur était si bonne que l'estomac d'Anna gargouilla.

Cependant, elle ne toucha à rien. Elle quitta la cuisine et referma la porte derrière elle, puis se pencha pour ranger la clé.

Juste à ce moment, elle le sentit. Quelqu'un ou quelque chose se trouvait derrière elle. Anna se retourna précipitamment et se figea. Un chien gris, grand et miteux la dévisageait, méfiant.

Il avait l'air dangereux lorsqu'il renifla l'air et se

déplaça sur le côté, sans jamais la quitter des yeux. Voulait-il tourner autour d'elle ? Anna se dit d'un coup que les prêtres pouvaient très bien ensorceler le chien pour qu'il garde le château. Ainsi, le chien pouvait informer Po de la présence de tout intrus. Elle ne pouvait surtout pas le permettre. Regardant l'animal sans ciller, Anna leva lentement la main pour lui jeter un sort.

Le chien renifla l'air encore, puis agita la queue, la saluant.

Anna resta immobile, incertaine. Le chien s'approcha prudemment et renifla sa robe. Il ne paraissait plus dangereux.

Anna lui tendit la main ouverte pour montrer qu'elle ne lui voulait pas de mal. Le nez froid et mouillé du chien toucha sa paume. Ensuite, le chien se tourna et s'éloigna. Il s'arrêta un peu plus loin, sous la galerie en pierre, sa tête grise légèrement inclinée. Il invitait Anna à le suivre.

Et Anna le suivit.

Un beau jardin commençait après la galerie. Une allée en pierre blanche menait vers la tour centrale, la quatrième. Au milieu de l'allée, une grande fontaine en marbre blanc représentait sept dauphins. Les dauphins se tenaient sur leur queue, chacun en face d'une tour, et des jets d'eau tombaient de leur bouche dans le bassin bleu. Un nuage de gouttelettes multicolores flottait dans l'air autour de la fontaine.

Anna la regardait, admirative. Elle avait au moins neuf pieds de hauteur, et les dauphins semblaient lui sourire. Les allées en pierre blanche courraient de la fontaine menant vers d'autres tours, deux de chaque côté. L'air était frais et délicieux dans le nuage des gouttelettes. Anna sourit et toucha l'eau.

Le chien but dans le bassin, éternua, puis se dirigea vers la seconde allée à gauche. Anna le suivit encore.

Cette allée était plus petite que l'allée principale. Les arbres l'entouraient. Le tapis de fleurs disparut, laissant place à de la belle pelouse. Anna remarqua un petit pavillon de jardin très élégant, caché derrière les arbres. Il avait l'air si charmant, qu'elle voulut s'approcher. Elle ne put s'empêcher de repenser à son capitaine aux yeux émeraude. Ce pavillon paraissait être un excellent endroit pour un rendez-vous avec lui.

L'aboiement impatient du chien la tira de sa rêverie. Il courut à droite, traversa la pelouse et disparut derrière les buissons en fleurs.

Anna courut après lui et arriva à une petite clairière. Il y avait une autre fontaine, plus petite. Elle représentait deux dauphins face à face. Leurs queues et leurs nez se touchaient affectueusement. L'eau courait de leur bouche et de leurs nageoires dorsales leur donnant l'air d'un cœur entouré de jets scintillants.

Anna se dit que c'était le plus bel endroit du monde.

Le chien s'assit sur ses pattes arrière et la regarda.

Anna s'approcha de la fontaine et s'appuya contre le bassin en pierre. Écoutant les murmures doux de l'eau, elle y mit la main.

L'eau était agréablement fraîche. Le son caressant l'enveloppait, chassant toutes les pensées, procurant un sentiment profond de paix et d'harmonie.

Anna se laissa aller. Nim lui avait appris que chaque endroit gardait ses secrets et les traces des gens qui y avaient séjourné, et que, si l'on ouvrait tous ses sens et prêtait assez attention, on pouvait le percevoir.

Son reflet tremblait légèrement sur la surface verdâtre du bassin. Anna le regardait à peine, sans s'attarder sur les détails. Le temps s'arrêta, et c'était agréable.

Une feuille jaune tomba lentement dans le bassin,

faisant onduler la surface. Quand les ondes se dissipèrent, Anna remarqua un autre reflet, en face d'elle. Le reflet était à peine visible. Une belle femme aux traits familiers la regardait tristement de l'autre côté du bassin. Anna sentit ses poils se hérisser. Elle voyait du coin de l'œil qu'il n'y avait personne à côté. Elle retint son souffle pour ne pas chasser la vision. La femme souriait, ses yeux rivés sur Anna.

— Maman ? chuchota Anna, submergée d'émotions.

Le sourire de la vision s'élargit et Anna sentit les larmes venir. Elle cligna des yeux.

La surface verdâtre du bassin tremblait légèrement, mais il n'y avait plus que le reflet du visage d'Anna. La vision avait disparu.

Anna se leva brusquement et se précipita vers l'endroit où était apparue la vision.

Il n'y avait personne. Pas une trace. Rien ! Juste son propre visage ruisselant de larmes.

Elle ne pouvait pas, ne voulait pas s'arrêter là. Elle avait besoin de savoir. Anna jeta un regard exaspéré autour d'elle et vit la porte d'entrée d'une tour. Sans hésiter, elle s'en approcha et la poussa.

Elle entra dans une grande pièce ronde avec une grande table en bois et quelques chaises. Divers objets de culte étaient posés sur les petites tables en pierre le long des murs. C'était la cinquième tour et, apparemment, elle était occupée par les prêtres.

Sa curiosité piquée au vif, Anna examina rapidement la pièce et les objets, mais ne trouva rien d'intéressant, mis à part un escalier dissimulé qui menait aux étages supérieurs. Elle monta l'escalier et arriva sur un long balcon qui donnait sur le jardin. Une douzaine de portes se situaient le long de ce dernier. Avec prudence, Anna en ouvrit une, puis une autre. C'étaient les dortoirs des prêtres. Chaque dortoir contenait plusieurs lits et de simples meubles en bois.

Bien sûr, la chambre de Po n'était pas là. Anna la trouva deux étages plus haut : une porte impressionnante en bois couverte d'ornements compliqués enfermait une pièce qui occupait l'étage entier.

D'abord, Anna voulut essayer d'y pénétrer, mais, ensuite, elle trouva par hasard un petit escalier caché à l'autre bout du couloir. Elle ne l'aurait jamais vu, mais un papillon rouge entra dans le couloir, se posa sur le mur opposé et disparut. Intriguée, Anna s'approcha. Le papillon s'était posé sur une marche en bois de l'escalier masqué. Un créateur d'un rare talent avait peint le mur de façon à ce que la lumière et les ombres naturelles cachent complètement l'escalier des yeux. Pour le voir, il fallait se trouver juste en face de lui.

Anna regarda le petit escalier avec intérêt. Il se terminait par un mur solide, mais cela pouvait être une autre illusion parfaite. Nim aimait dire que les choses les mieux cachées se trouvaient toujours sous votre nez. Après une brève réflexion, Anna décida de monter.

Elle vérifia s'il y avait un charme de protection sur l'escalier, mais ne trouva rien. Elle avait déjà franchi la moitié des marches lorsque le chien aboya dehors. Le cœur d'Anna se mit à battre plus vite. Les habitants du château étaient de retour. La cérémonie sur la plage était finie. Anna était piégée.

Paniquée, Anna monta le reste de l'escalier d'un bond et chuchota l'incantation pour ouvrir la porte.

Rien.

La panique l'envahit. Elle se retourna, désespérée, mais elle savait déjà qu'il était bien trop tard pour faire demi-tour. Elle entendit le bruit des voix. Ils s'approchaient. Anna sentit ses genoux faiblir. Sa respiration saccadée parut bien trop forte. Maintenant elle se rendait vraiment compte de la folie complète de ses actes.

Une porte s'ouvrit en bas, laissant rentrer plusieurs personnes.

Anna se mordit la lèvre. Elle s'efforçait d'évaluer la situation. Debout, sur le petit escalier, elle était complètement exposée. Elle devait se déplacer. Elle dévisagea le mur solide devant elle et tenta de penser sereinement.

Les voix se rapprochaient. Quelqu'un montait.

Anna tenta de nouveau l'incantation pour ouvrir la porte.

Rien.

Elle essaya l'incantation pour enlever la protection, puis pour enlever le sceau magique.

Le mur émit une étincelle qui siffla, puis disparut.

Succès ! Le soulagement remplit tout son être.

Encore une incantation pour ouvrir la porte. Cette fois-ci, elle fonctionna. La porte cachée s'ouvrit et Anna se glissa à l'intérieur.

Les mains tremblantes, elle referma la porte derrière elle et osa enfin respirer. Elle était sauvée !

La seule chose qu'elle avait oubliée était de neutraliser les sorts pouvant avertir le magicien qui avait scellé la porte de la présence d'intrus. Mais, savourant son soulagement, Anna était loin d'y penser.

La chambre cachée

La chambre cachée était obscure. Elle sentait le renfermé et la poussière. Quand les yeux d'Anna s'habituèrent à l'obscurité, elle remarqua une fenêtre, cachée derrière des rideaux lourds. Elle s'avança lentement dans sa direction, évitant les objets dont elle ne voyait que la silhouette. Se couvrant le nez, elle tira le rideau. La lumière du jour transperça un nuage impressionnant de poussière, qui enveloppa immédiatement la jeune femme. Anna fit un pas en arrière et se heurta péniblement contre une table en bois massif, couverte de vieux livres et de rouleaux de parchemin.

Avant, la pièce servait sans doute de bureau ou de bibliothèque : les rayons ordonnés couvraient la grande partie de la surface murale. Il y avait aussi deux commodes, et quelques chaises se devinaient sous les tas de rouleaux.

Anna décida de fouiller d'abord la table. Le grand livre à la couverture en cuir était un registre. Une belle écriture, qui pouvait appartenir à son grand-père ou à son arrière-grand-père, l'informait du bétail et des biens que la ville possédait et avait vendus chaque mois de chaque année, aussi bien que des gens qui naissaient ou mouraient. Se laissant emporter par la curiosité, Anna trouva l'année de naissance de ses parents, puis chercha les pages à la fin du livre, dans l'espoir de trouver quelque chose sur leur mort. Mais le registre se terminait par le mois de sa naissance, plusieurs pages restant vides.

Alors, Anna revint au jour de la naissance de sa mère et chercha les années précédentes pour trouver celle de Po. Nim pouvait lire le caractère et le destin des gens à partir de leur date de naissance, et Anna se dit que cela pourrait leur être utile. Mais, même quatre-vingts ans en arrière, il n'y avait toujours aucune trace du prêtre principal. Déçue, Anna referma le registre et examina rapidement le reste du désordre. Tous les livres et les parchemins parlaient des affaires extérieures de la ville. Anna l'aurait trouvé intéressant dans d'autres circonstances, mais, pour le moment, elle laissa tous les papiers où ils étaient.

Elle fit le tour de la table et s'accroupit pour chercher des cachettes possibles dans ses pieds en bois.

Rien de spécial.

Pourquoi alors Po s'était-il donné la peine de sceller cette porte ? Anna se redressa et se figea, oubliant de respirer : un portrait en taille réelle de sa mère la regardait du mur opposé.

Droite et fière, Melaina inclinait légèrement la tête. Ses longs cheveux noirs étaient attachés derrière et un petit diadème élégant ornait son front. Elle portait une robe bleu ciel qui lui allait à merveille. Sans doute, le portrait avait été peint par un maître qui connaissait des secrets anciens, tant Melaina paraissait vivante. Même ses yeux brillaient.

Anna la regardait avidement. Elle n'avait même pas remarqué qu'elle s'était approchée. C'était la première fois qu'elle voyait vraiment sa mère. Ayant même peur de respirer, elle essayait de graver dans sa mémoire et dans son cœur le moindre détail de son apparence.

Plus elle la regardait, plus elle avait l'impression que sa mère était vraiment là, vivante ; qu'elle respirait et ressentait, qu'elle communiquait en silence. Anna lui ouvrit son cœur. Elle lui dit mentalement comme elle l'aimait, comme elle lui manquait, comment chaque nuit elle regardait le ciel et imaginait que, quelque part dans cette obscurité éternelle, ses parents étaient deux étoiles qui brillaient l'une à côté de l'autre, unis dans leur amour à tout jamais. Elle aimait penser qu'ils la regardaient parfois, qu'ils lui envoyaient leur amour et leur protection de là-haut. Il y avait tellement de choses qu'elle voulait demander à sa mère, tellement de choses qu'elle voulait lui dire. Mais seules les émotions fortes et complexes tournoyaient dans son esprit et s'envolaient vers le portrait. Cependant, Anna était sûre que sa mère la comprenait. C'était une communication étrange entre le cœur vivant et le cœur dessiné, mais Anna aurait juré que les yeux de sa mère s'étaient remplis de larmes et qu'un sourire léger touchait ses lèvres peintes.

Le bruit des pas la ramena brusquement à la réalité. Quelqu'un venait. Les pas étaient lents, mais sûrs ; un peu plus forts que la normale. La personne savait qu'Anna était là. Elle savourait la chasse, cherchant à provoquer la panique chez Anna, sachant pertinemment qu'il n'y avait pas moyen de s'échapper. C'était précisément la façon de procéder du prêtre principal. Mais comment avait-il su ?

La réalisation terrifiante la frappa de plein fouet :

il devait y avoir un sort pour l'avertir ! Anna se sentit plonger dans un abîme de panique. Elle se tourna sur place, impuissante. Son regard tomba sur la fenêtre sale. Elle s'en approcha sans faire de bruit et tira sur le rideau pour le fermer. Un nuage de poussière l'enveloppa immédiatement. Cette fois-ci, Anna en prit une bonne bouchée. Des vagues horribles de toux s'élevèrent dans sa poitrine. Elle arrêta de respirer pour les réprimer. Elle devait garder le silence !

Le bois de la marche craqua légèrement sous le pied de Po. Il était proche. Trop proche.

Ne pas respirer ne l'aidait guère : la poussière avalée lui irritait la gorge et son corps luttait pour la rejeter. Anna pressa sa main sur son nez et sur sa bouche pour couvrir les sons. Elle tomba à genoux et se roula en boule sous la table. C'était une vraie torture : ses yeux pleuraient et des convulsions violentes secouaient tout son corps. Elle avait désespérément besoin de tousser, de respirer.

Po se tenait déjà derrière la porte. Il pouvait entrer à tout moment. Il l'attraperait et le cauchemar serait fini. Une partie de son être voulait qu'il l'attrape plus vite pour qu'elle puisse enfin se débarrasser de la poussière irritante. Puis, elle entendit les pas de quelqu'un d'autre.

— Votre Altesse ! Votre Altesse ! Venez, s'il vous plaît ! appela quelqu'un.

Anna mourait. Elle ne voyait plus que des points lumineux qui dansaient devant ses yeux à chaque convulsion de son corps. À travers ce cauchemar, elle entendit la voix de Po qui jetait un sort pour sceller la porte, pour qu'elle ne puisse pas sortir.

Ensuite, le bruit de ses pas s'éloigna.

La main d'Anna relâcha sa prise d'elle-même. Elle remplit ses poumons d'air, toussant et pleurant en même temps. Cette crise parut durer infiniment. Quand, enfin, elle passa, Anna était allongée par terre, affaiblie et haletante. La vie était si bonne une fois que c'était fini. Savourant son soulagement, Anna imagina soudain comment tout cela devait apparaître dans les yeux d'un observateur extérieur, et fut prise d'un fou rire. Après tout, c'était toujours elle qui compliquait les choses avec des bêtises comme une bouchée de poussière.

Tout en rigolant, elle se releva et secoua sa robe. Puis elle essuya son visage rougi avec ses manches. Même si cela ne fit que la salir encore plus, ce n'était pas important. Elle était en vie et, pour l'instant, personne ne l'avait attrapée.

Elle s'approcha de la porte sur la pointe des pieds

et tendit l'oreille. Silence. Elle avait un peu plus de temps.

Faisant attention à retenir sa respiration, elle rouvrit le rideau et retourna devant le portrait de sa mère. Il était accroché au-dessus d'une commode. Sans vouloir prendre de risques, Anna récita des incantations pour casser toutes sortes de sceaux et de protections autour du meuble, puis ouvrit le premier tiroir.

Dedans, il y avait des rouleaux de parchemin. Pour la plupart, ils parlaient de la cousine de sa mère, dont la fille, Elena, était maintenant reine. Anna trouva l'ordre officiel qui la proclamait reine et d'autres documents qui l'accompagnaient. Ils étaient tous couverts d'une épaisse couche de poussière. Anna les regarda à peine et les jeta par terre. Elle n'avait pas l'intention de reprendre le trône d'Elena, donc ces documents ne l'intéressaient pas.

Une surprise l'attendait tout au fond du tiroir : l'avant dernier parchemin était un portrait de la famille de sa mère. Le sourire aux lèvres, ses grands-parents étaient entourés de leurs trois enfants : Melaina, sa sœur cadette et leur petit frère – un petit garçon à l'époque, qui tenait sa petite épée en bois avec un air sérieux adorable. Anna regardait le portrait, le cœur serré. Ils représentaient une famille idéale, une famille qui s'aimait. Des questions se formèrent dans sa tête. Qu'est-ce qui était arrivé à sa tante et son oncle ? Étaient-ils vraiment morts à cause d'une maladie, comme cela avait été annoncé officiellement ? Et sa grand-mère ?

Elle dut mettre le portrait de côté pour continuer ses fouilles. Elle rangea le reste des parchemins et referma le tiroir.

Le deuxième et troisième tiroirs étaient vides.

Le quatrième et dernier tiroir émit une étincelle lorsqu'elle le toucha ; il y avait eu une protection magique. Anna sourit et l'ouvrit. Une boîte en bois sculpté était à l'intérieur. Étonnamment, il n'y avait pas de poussière dessus. C'était ça, alors, le secret de cette pièce, l'objet caché !

Anna sortit la boîte du tiroir et la posa par terre devant elle. Elle était assez large, mais pas lourde. Elle était presque vide : deux rouleaux de parchemin, une longue mèche de cheveux noirs maintenus par un ruban argenté, une bague masculine et un poignard.

Anna prit le premier rouleau de parchemin et le déplia.

Ronen, mon amour,

Mon cœur saigne, car je ne peux pas être à tes côtés et te tenir par la main en cette période difficile. Tu nous manques beaucoup, à Anna et à moi.

Anna est un bébé merveilleux ! Elle écoute très attentivement. Je lui raconte des histoires et des poésies, et elle écoute, admirative, ses yeux bleus grands ouverts. J'aurais voulu que tu chantes pour elle – je veux qu'elle découvre la magie de ta voix.

J'ai énormément de chance de t'avoir ! Il n'y a pas de mots assez forts pour exprimer ce que je ressens pour toi. Si ce n'était pas pour ton amour, je serais déjà devenue folle. Un grand mal arrive, Ronen. Je le sens, mais je ne peux pas l'arrêter.

Papa est en train de mourir. Il va de mal en pis. J'ai tout essayé, les médicaments, les potions, la magie, les incantations…, mais rien ne fonctionne. Je sais que cela vient de Po, mais il cache très bien son jeu, et je n'arrive pas à trouver la moindre preuve. J'ai essayé de lui parler, mais cela ne sert à rien. Je lui ai alors interdit de s'approcher de Papa. Maintenant, c'est moi qui lui apporte à boire et à manger. Mais son état ne s'améliore pas. Je souffre avec lui et je me sens si impuissante !

S'il te plaît, sois très prudent et ne fais confiance à personne.

Je t'aime pour toujours,
Melaina

Anna restait immobile, le parchemin dans la main. Le mélange de joie et de tristesse qu'elle éprouvait ramena les larmes dans ses yeux. Sa mère l'avait écrit ! Sa main avait tracé ces lettres ! Elle parlait d'Anna !

Elle relut le paragraphe qui parlait d'elle et imagina cette scène : sa maman se penche au-dessus d'elle, lui sourit et lui raconte des histoires qu'elle ne peut pas encore retenir... Son papa avait une très belle voix... Maman aimait quand il chantait... Avait-il eu l'occasion de chanter pour sa fille unique ? Probablement pas : Nim avait raconté que les parents de Ronen avaient attrapé la fièvre quand le roi vivait ses derniers jours. Ronen était rentré chez lui dès qu'il l'avait appris, mais il n'avait rien pu faire. Ils moururent l'un après l'autre et Ronen les enterra le jour de la mort du roi. Ensuite, Po se saisit du pouvoir et déclara le mariage de Melaina non valide. Les prêtres trouvèrent Ronen avant Melaina. Po promit à Melaina de laisser Ronen en vie si elle se mariait avec lui et s'il devenait roi.

Anna voulait lire la lettre encore et encore, mais

son temps était compté. Po pouvait revenir à tout moment.

Elle rangea la lettre dans sa poche avec le portrait familial et prit le rouleau de parchemin suivant.

Ronen, mon amour,

J'ai rêvé de mon petit frère. Il n'était qu'un esprit. Il est venu me voir pour me dire que lui, Geenia et Maman étaient tous morts, et que je devais fuir le plus vite possible.

Je me suis réveillée et j'ai vu que Papa était décédé.

Ce n'est que le début.

Attends-moi à la tombée de la nuit à la Porte des Étoiles. Et, s'il te plaît, sois très prudent !

Je t'aime pour toujours,

Melaina

Le cœur d'Anna battait à se rompre lorsqu'elle revivait ces événements avec sa mère. Elle savait qu'ils ne s'étaient jamais rencontrés à la Porte des Étoiles. Est-ce que son père avait reçu cette lettre ? Si cela avait été le cas, il l'aurait sans doute détruite immédiatement, tout comme la lettre précédente. Donc, les deux lettres n'étaient jamais arrivées à leur destinataire. Po les avait interceptées.

Quelque chose était écrite en bas de la deuxième

lettre. Anna déplia le parchemin complètement pour pouvoir lire.

Une écriture large et inconnue, aux crochets inférieurs étendus à gauche disait :

Melaina,

Malgré ta trahison et ton obstination, je ne peux pas arrêter de t'aimer. C'est la preuve de la prédestination divine. Tu m'es destinée ! Tu es la seule femme digne d'être à mes côtés ! Je ne m'arrêterai jamais. Je vais corriger tes erreurs. Pour toi et pour moi.

Le sang va expier tes péchés
La lame sacrée percera le cœur du pécheur
Une âme n'atteindra jamais l'après-vie
Tu seras à moi dans cette vie, ou je te suivrai dans l'éternité

Un frisson froid parcourut Anna. Terrifiée, elle fixait le parchemin qui tremblait dans sa main. Cet homme fou voulait détruire l'âme de son père, le faire disparaître définitivement ! Et s'il y était parvenu ? Non, impossible. Nim avait dit que Ronen et Melaina étaient heureux et ensemble. Mais ils étaient morts, aussi. Tous les deux. Le regard d'Anna tomba sur le poignard et elle sentit ses poils se hérisser.

Était-ce la lame dont il avait parlé ? Était-ce le poignard qui avait tué son père ?

Sa bouche soudainement sèche, Anna tendit une main tremblante vers le poignard. Elle n'avait pas envie de le toucher. Mais elle n'avait pas le choix si elle voulait apprendre des choses. Elle rassembla son courage et le prit.

Le poignard était assez grand pour tuer quelqu'un ; un crâne aux yeux de rubis entouré de signes magiques ornait sa poignée. D'une main tremblante, Anna retira le fourreau et sursauta : la lame était couverte de vieux sang séché. Prise de vertige, Anna faillit faire tomber le poignard. C'était ça. C'était le poignard qui avait pris la vie de son père. Po n'avait même pas essuyé le sang ; il avait gardé le poignard ici. Pour Anna, c'était une preuve supplémentaire de la perversité du prêtre ; il la répugnait. Elle remit vite le poignard dans son fourreau. Elle voulait vraiment trouver ce qui était arrivé à ses parents, mais le poignard était trop dégoûtant. Elle ne voulait pas le mettre dans la poche. Alors, Anna prit quelques documents de la reine et l'enveloppa. Au moins, cela lui permettrait de ne pas le toucher directement. Elle le mit dans une poche séparée ; pas question de le laisser avec les lettres et le portrait.

La mèche de cheveux appartenait à Melaina. Anna la rangea avec les lettres.

Un bruit de pas la fit sursauter. Oh non ! Pas maintenant ! Elle n'était pas prête ! Elle n'avait pas encore trouvé le moyen de s'évader !

Elle attrapa la boîte pour la remettre dans le tiroir. Quelque chose roula bruyamment à l'intérieur. Anna s'arrêta et rouvrit la boîte. La bague ! Elle la prit et referma le tout. Elle pourrait l'examiner après.

Les pas se rapprochaient, tout aussi impitoyables que la première fois. Ils paraissaient sans vie, comme une horloge qui compte les battements de cœur restant avant une mort inévitable.

Anna savait qu'elle devait fuir. La porte n'était plus une option. Il ne lui restait que la vieille fenêtre sale.

Ses pensées étaient claires malgré la peur grandissante. Anna referma le rideau poussiéreux et se glissa derrière. Une inspiration soudaine la fit utiliser une incantation pour cacher ses traces : toute la poussière se souleva dans l'air, puis retomba en une couche homogène, cachant ses empreintes.

Il semblait que personne n'avait touché la fenêtre depuis au moins vingt ans. Anna utilisa la magie pour l'ouvrir et se hissa dehors.

Les pas s'arrêtèrent derrière la porte. Po était tout près.

Repoussant sa peur, Anna posa les pieds sur une petite corniche décorative et referma la fenêtre derrière elle. Le sol était trop bas. Prise d'un vertige, Anna se sentit immobilisée, accrochée de toutes ses forces à sa prise instable. Ses sens étaient aiguisés par la peur et son cœur battait trop vite. Elle entendit la porte s'ouvrir.

Sans plus réfléchir, elle s'avança le long de la corniche aussi vite que sa robe le lui permettait. Elle était complètement à découvert et très mal placée. Elle ne pouvait pas rester là.

Une large évacuation en pierre courait le long du mur. Propulsée par la peur, Anna se hissa dedans. Elle se cogna le genou, mais elle se plaqua contre les parois vertes et glissantes, ignorant la douleur.

Elle n'eut même pas le temps d'ajuster sa prise. La fenêtre s'ouvrit avec un grincement. Anna arrêta de respirer, poussant de toutes ses forces les mains et les genoux contre les parois visqueuses de l'évacuation. Des larmes de douleur lui montèrent aux yeux, mais elle n'osait pas bouger.

Elle n'entendait aucun bruit. Po écoutait et cherchait le moindre signe de sa présence. Pendant un instant, Anna se dit qu'il devait savoir qu'elle était là, qu'il ne faisait que jouer avec elle, pour qu'elle puisse croire en sa fuite avant qu'il l'attrape. Mais une autre pensée chassa la précédente et se transforma en une conviction : elle avait déjà gagné. Elle avait obtenu ce qu'elle voulait et Po n'arriverait pas à l'attraper. Pas aujourd'hui. Elle avait eu beaucoup de chance ; le château même semblait l'aider.

Cette conviction l'aida à rester immobile, appuyée sur son genou douloureux, jusqu'à ce que la fenêtre se referme enfin.

Soulagée, Anna attendit encore un peu, puis commença à descendre. Elle ne devait pas traîner. Elle était toujours une intruse et une hors-la-loi. Elle méritait la mort rien que pour s'être introduite dans le château, sans même parler des objets volés. C'était un atout d'avoir de la chance, mais fallait-il encore agir en conséquence pour que ce moment ne soit pas perdu et que cette chance ne disparaisse pas aussi vite qu'elle était venue.

Essayant d'aller vite et de ne pas faire de bruit, Anna continua à glisser le long de l'écoulement, se cognant les genoux et les coudes. Elle aurait pu soulager sa douleur en quelques incantations, mais elle était tellement concentrée sur son évasion qu'elle n'y pensa qu'une fois au sol. Là elle soigna rapidement le plus urgent et jeta un regard prudent dehors.

Le jardin était vide et silencieux. Le soleil s'était déjà couché et l'obscurité sécurisante se répandait sur la terre. À quelques pieds de son écoulement, Anna remarqua l'entrée béante de la tour voisine. Alerte et tendue, elle longea le mur et s'y glissa. L'entrée paraissait noire et vide. Anna pénétra dans son obscurité et poussa un soupir de soulagement. Elle se mit à essuyer ses mains gluantes et douloureuses sur sa jupe.

Soudain, une main rêche lui couvrit la bouche. Avant qu'elle puisse réagir, on l'attrapa par-derrière, bloquant ses deux bras. Son cri s'évanouit dans la prise ferme de la main. Elle fut soulevée et traînée dans l'obscurité.

Raven

L'homme se déplaçait rapidement et sans bruit. Anna se débattait inutilement dans ses bras.

Enfin elle entendit une porte se fermer derrière eux et ses pieds touchèrent le sol. Elle fut relâchée et tournée face à son ravisseur. Elle le repoussa de toutes ses forces et siffla, menaçante :

– Ne refais plus jamais ça !

Elle entendit un petit rire amusé.

– Tu crois que tu peux me résister ?

Sa voix était basse, mais son fort accent nordique fit bondir le cœur d'Anna. Ses yeux s'ajustèrent progressivement à l'obscurité. Elle distingua devant elle la silhouette aux épaules larges. Fâchée, elle croisa les bras sur la poitrine :

– Tu sous-estimes ton adversaire ?

Son rire de velours la fit frissonner.

– J'accepte ce risque…

Anna faillit hoqueter d'indignation. Mais avant qu'elle puisse réagir, des bras musclés se refermèrent autour d'elle et les lèvres de son ravisseur se posèrent sur les siennes.

Anna essaya de le repousser, mais il était bien trop fort. Tous ses efforts étaient vains. Les lèvres de l'homme étaient douces et chaudes, et le corps d'Anna répondit sans son accord. Sa colère se noya dans une vague brûlante de nouvelles sensations qui lui firent tourner la tête. Il sentait la mer. Anna sentit le monde entier s'évanouir autour d'elle. Elle s'agrippa à la chemise de l'homme, s'abandonnant à ses lèvres.

Un battement fort retentit soudain.

Anna sursauta, revenant brusquement à la réalité. Quelqu'un frappait à la porte.

L'homme s'écarta d'elle, enleva sa chemise et la jeta dans le noir.

Le sens du danger inévitable frappa Anna de plein fouet. Elle savait qui était derrière la porte.

– NON ! articula-t-elle voulant attirer l'attention de son ravisseur. Elle voulait tellement qu'il comprenne !

Mais l'homme semblait ne pas l'entendre. Sa main était déjà sur la poignée.

Complètement paniquée, Anna réagit instinctivement. Elle fit un pas en arrière et se plaqua contre le mur froid, s'attendant au pire.

Comme si ce n'était pas suffisant, la porte s'ouvrit vers l'intérieur, vers elle. À peine à une douzaine de pouces de son épaule ! Anna retint son souffle.

— Roi Raven, dit la voix faussement résignée de Po.

Le regard d'Anna se déplaça vers son ravisseur et son cœur fit un bond : éclairé par la torche de Po, le capitaine aux yeux émeraude se tenait devant elle.

Droit, élancé et musclé, il était incroyablement beau. Ses cheveux longs décolorés par le soleil tombaient sur ses épaules bronzées. Sa poitrine musclée et son odeur firent faiblir les genoux d'Anna. Le souvenir de son baiser était trop frais ; des émotions intenses se déchaînaient toujours en elle. Elle restait immobile, pressée contre le mur, incapable de détourner le regard.

— Bonsoir, Po, répondit Raven, contrarié. J'espère que vous avez une bonne raison pour me déranger au moment où je m'apprête à dormir, d'autant plus que la Reine n'a pas envoyé de femme pour réchauffer mon lit…

— En effet, Sire, ma raison est assez importante. Il

y a une marque de chandelle, un objet précieux a été volé au château...

Raven leva les sourcils, l'air distant.

— Quel est mon rôle dans tout cela ? Les hommes qui sont venus au château avec moi dorment sous l'effet de votre excellent vin. Quant à moi, vous m'avez accompagné personnellement à cette chambre. Depuis, je n'ai pas quitté la tour.

— Oh non ! s'exclama Po, positivement révolté. Je ne vous ai jamais suspecté ! Excusez-moi pour ce malentendu ! Mais mon devoir est de trouver le voleur. Aussi, je suis obligé de vous demander si vous avez remarqué quelque chose ou quelqu'un.

Raven réfléchit un instant et le cœur d'Anna s'arrêta. Mais il secoua la tête. Les mèches de ses cheveux se déplacèrent avec le mouvement et Anna ne put réprimer un frisson. Elle était captivée.

— J'ai vu personne. Et, honnêtement, je n'écoutais pas trop... désolé. Mais qu'est-ce qui a été volé ?

— Un objet très précieux appartenant à la Reine, répondit le prêtre principal d'un ton important.

— Oh, je vois, Raven hocha la tête et toucha sa barbe, pensif. J'aurais voulu vous aider, mais je ne vois pas comment... Peut-être pouvez-vous me dire si cet objet secret est facile à remarquer ?

— Non, il est assez petit pour rentrer dans une poche.

Raven haussa les épaules, impatient.

— Eh bien, je vous ai déjà dit que je n'ai rien vu, mais si vous insistez, vous pouvez fouiller ma chambre et mes affaires.

Anna était sidérée. Impuissante, elle ferma les yeux et secoua légèrement la tête. Pourquoi ne pouvait-il pas lire dans ses pensées ? Mais il se tenait devant elle, calme et sérieux, toute son attention sur Po, comme si elle n'existait pas. Dans d'autres circonstances, ça l'aurait contrariée, mais à ce moment-là elle avait trop peur pour y penser.

À son grand soulagement, Po répondit :

— Non, merci. Je vous fais confiance. Bonne nuit, Roi Raven. Je vais faire de mon mieux pour vous trouver une femme.

Le visage de Raven ne bougea pas. Il inclina légèrement la tête, sans jamais quitter le prêtre des yeux.

— Ce serait bien. Bonne nuit, Po.

Anna entendit les pas de Po s'éloigner. Elle osa expirer seulement quand Raven referma la porte.

Raven se déplaçait facilement dans l'obscurité. Il alluma une torche et quelques bougies, et se tourna vers Anna. Son expression était amusée.

— Apparemment, tu as des problèmes..., il la regarda de la tête aux pieds. Est-ce que ta reine cache ses possessions dans la boue ?

Anna suivit automatiquement son regard et sentit son visage s'enflammer. Elle était dans un sale état, couverte d'un mélange de poussière et de boue visqueuse, sa robe déchirée à quelques endroits. C'était très frustrant. Elle aurait tant souhaité que leur première rencontre se fasse dans d'autres circonstances, plus avantageuses pour elle !

Elle souleva le menton et répondit :

— La boue ne t'a pas empêché de m'embrasser, n'est-ce pas ?

Elle regretta ses mots immédiatement. Le souvenir de son baiser soulevait en elle des émotions dangereuses.

Raven rit.

— Tu penses vraiment que les traces de tes mains sur ma chemise pourraient m'arrêter ?

Anna regarda ses mains. Elles étaient sales et égratignées. Raven le savait depuis le début, et avait enlevé sa chemise pour cacher les traces de sa présence à Po.

— Pourquoi m'as-tu couverte ?

Étonné, il leva un sourcil.

— Tu aurais préféré que je fasse le contraire ?

Anna secoua la tête, déçue. Quelque chose en elle espérait entendre une autre réponse.

Il s'assit sur le lit.

— Au fait, qu'est-ce que tu as volé ?

Anna se sentit encore plus mal à l'aise. Elle haussa les épaules, pensant à ses découvertes.

— Des choses qui appartenaient à mes parents…

Les yeux verts étaient fixés sur elle. La curiosité de Raven n'était pas satisfaite.

Anna se mordit la lèvre. Elle se demandait s'il était prudent de céder à la tentation et de lui parler de ses parents. Elle n'avait jamais parlé d'eux à qui que ce soit mis à part Nim. C'était un sujet très intime et dangereux. En même temps, son cœur lui disait qu'elle pouvait lui faire confiance. Elle paniqua brièvement, comprenant qu'elle avait surtout envie de lui faire confiance.

Il attendait patiemment, sans la quitter des yeux.

Anna poussa un soupir. Après tout, il avait le droit de savoir. Il venait de la sauver de Po ! Résolue, elle s'approcha du lit et s'arrêta à ce qui lui parut une distance raisonnable de l'homme. Ensuite, elle vida ses poches.

— Les lettres interceptées de ma mère, un portrait

de famille, les cheveux de ma mère, un poignard et une bague, expliqua-t-elle, essayant de prendre un ton détaché et évitant le regard de l'homme. La bague de mon père, rajouta-t-elle la tournant entre ses doigts. Des lignes à peine visibles sur la bague représentaient les armoiries de la famille de Ronen.

Raven l'écouta attentivement, puis suggéra :

– Tu peux t'asseoir.

Anna cligna des yeux, distraite. Il lui souriait.

– Ma robe est sale, lui rappela-t-elle d'une voix qui se voulait nonchalante.

Son sourire fit briller ses dents blanches.

– Et alors ?

Anna leva les yeux au ciel, mais Raven était sérieux. Perplexe, elle lui rendit son sourire et se posa prudemment sur le bord du lit.

Raven regardait les objets volés.

– Je peux… ?

Anna acquiesça.

Elle le regardait en silence pendant qu'il tournait entre ses doigts la mèche, le portrait, puis la bague.

Enfin, il déballa le poignard.

– Il appartenait à ton père ?

– Je ne pense pas. Il est toujours couvert de sang. Peut-être il a tué mon père.

Elle ne put retenir un frisson de dégoût.

Raven enleva le fourreau et regarda la lame. Puis il la porta au nez et la sentit avant de se tourner vers Anna.

– C'est le sang d'une femme. La lame lui est rentrée droit dans le cœur.

Anna écarquilla les yeux :

– Comment tu le sais ?

C'était la question interdite. Il détourna le regard. Il réfléchit pendant un moment pour savoir s'il était prudent de lui dire la vérité aussi tôt.

Alors qu'Anna était sûre qu'il n'allait pas répondre, il la regarda droit dans les yeux et dit tout bas :

– Je suis un corbeau.

L'admiration illumina les yeux bleus d'Anna. Elle comprit. Un sourire heureux apparut sur ses lèvres. Elle était ravie de partager son secret.

Son regard plongé dans le sien, Raven savait qu'elle ne le trahirait jamais. Sa réaction transformait le partage des secrets avec elle en une expérience exaltante.

– Po a tué tes parents.

Ce n'était pas une question. Le sourire d'Anna s'évanouit et son visage sale devint sérieux.

— Je pense que oui. Nous sommes venues ici pour trouver la vérité. Po était amoureux de ma mère, mais elle l'a rejeté et s'est mariée avec mon père ... Non mais, est-ce que tu le sens toi aussi ?

Elle avait la sensation étrange qu'elle lui transmettait ses émotions ainsi que les images présentes dans sa tête. En plus, elle sentait sa réaction bien plus intensément qu'avant, comme s'ils se connaissaient depuis toujours.

Il lui adressa un sourire en coin :

— Oui... Étrange, n'est-ce pas ?

— Comment tu fais ça ? Je n'ai jamais senti une chose pareille !

— Je ne fais rien du tout ! Je te jure ! son regard sincère et naïf fit glousser Anna. Je suppose, c'est parce que c'est toi et moi.

Anna lui adressa un regard brûlant :

— Le lien..., suggéra-t-elle.

— Oui..., il hocha la tête, sa voix chargée d'allusions.

Les yeux d'Anna brillèrent d'une excitation enfantine.

— Tu le sens toujours, aussi fort que la première fois ?

Raven plissa les yeux.

— Pourquoi tu demandes, si tu connais déjà la réponse ?

Anna rougit, mais ne se vexa pas :

— Je voulais t'entendre le dire…

Raven lui adressa un petit sourire suffisant. Il prit son temps pour répondre. La regardant dans les yeux, il dit :

— Oui. Je ressens ce lien entre nous autant que toi. Et il est tout aussi fort que lorsque nos regards se sont croisés pour la première fois.

Rougissant de plus belle, Anna sourit.

— La boue sur ton visage paraît mignonne quand tu rougis comme ça, la taquina-t-il.

Anna fronça les sourcils, mais, avant qu'elle puisse répondre, il changea de sujet :

— Donc, tu disais que ta mère a rejeté Po… Continue, je suis curieux.

Voyant son sourire de gamin, Anna comprit qu'elle ne pouvait pas être fâchée contre lui. Poussant un soupir, elle laissa tomber, et cela amusa encore plus Raven.

Anna se frotta le front pour rassembler ses idées, puis continua son récit :

— Po a tué la famille de ma mère et a pris le pouvoir. D'après les lettres, il était si jaloux qu'il a décidé de détruire l'âme de mon père pour que ma mère le perde à tout jamais.

Raven fronça les sourcils et secoua la tête :

— Tu m'as perdu ici, désolé… Tu es en train de me dire que l'on peut détruire une âme ?

Anna acquiesça, sérieuse.

— C'est de la magie noire très poussée. Elle fait disparaître la personne complètement. Cette personne ne peut plus jamais revenir ; il n'y a pas d'après-vie pour elle. C'est mauvais pour tout le monde, mais, pour mes parents, ça aurait été encore pire. Ils partageaient une âme…, elle sentit son visage s'embraser et lui jeta un regard chargé d'allusions. Comme nous…

Raven ne rit pas. Il était horrifié.

— C'est ce que Po leur a fait ?

Anna haussa les épaules.

— Je pense, il a essayé, mais il n'a pas réussi. Mes parents sont morts tous les deux et selon Nim, ma mère mourait volontiers.

— Donc, tu es une princesse, murmura-t-il. Une princesse étrangère qui est mon véritable amour…, son expression devint rêveuse. Je m'en suis souvenu à l'instant où je t'ai vue.

Il n'aurait pas pu mieux le formuler.

— Moi aussi…

— Tu sais, quand j'étais petit, un jeteur de runes a fait une prophétie pour mon frère jumeau et moi. Il a dit que je trouverai mon véritable amour dans un pays étranger…

Le regard plongé dans le sien, Anna sentait chaque émotion qu'il lui communiquait. C'était magique. Elle imagina vivement le visage long et ridé du jeteur de runes dans la lumière du feu. Soudain, le reste de la prophétie retentit dans son esprit et elle sentit un frisson froid la parcourir :

— *Vous serez séparés pour toujours. Des siècles de souffrance insupportable vous attendent.*

Elle eut envie de pleurer. Maintenant que Raven était avec elle, les horreurs prédites apparaissaient sous une lumière différente, bien plus concrète et terrifiante qu'avant.

— Il t'a dit que nous étions… condamnés ?

Raven hocha la tête sans détourner le regard.

Ils sentaient ce lien invisible entre eux avec chaque cellule de leur corps. Ils savaient qu'il était impossible de le défaire. Mais, même s'il y avait une possibilité de revenir en arrière, ni l'un ni l'autre ne l'aurait saisie. Ils ne pourraient plus jamais vivre l'un sans l'autre. Ils étaient un seul être, et la séparation serait tout aussi douloureuse que de couper une personne en deux. Le fait qu'ils avaient vécu si longtemps sans se connaître leur paraissait incroyable.

Raven rompit le silence le premier :

— Je vais lutter contre ça ! jura-t-il, décidé. Et toi ?

Son espoir toucha Anna jusqu'au plus profond d'elle-même. Sa résolution était contagieuse et elle était contente de la partager.

— Moi aussi !

Un sourire de gamin illumina le visage de Raven. Il lui offrit sa main et Anna sourit lorsque ses doigts se posèrent sur sa paume rêche. Ils se regardaient, savourant ces sentiments nouveaux.

Puis Raven se pencha et glissa son bras autour de la taille d'Anna. Il la souleva et la fit s'asseoir sur ses genoux. Anna sourit et noua les bras autour de son cou.

— Tu as l'air d'aimer ma boue…

Raven l'attira contre lui.

— Oh que oui…, il posa délicatement ses lèvres sur celles d'Anna.

Aucun d'entre eux n'avait jamais senti de choses pareilles. Les sensations torrides et intenses de l'un et de l'autre s'entrelaçaient, redoublant de force, les noyant dans un torrent de feu et de joie. Ils étaient deux en un et un en deux, ils brûlaient l'un pour l'autre, s'illuminaient, se transformaient, s'apaisaient et s'excitaient. C'était si merveilleux que leur seul souhait était que cela ne s'arrête jamais.

Au bout d'un long moment, Raven s'écarta légèrement et murmura :

— Anna, je lutterai pour toi tant que mon âme existera, je te le jure.

Elle le regarda, haletante.

— Promets-moi que tu garderas ton âme vivante.

Il soutint son regard, puis hocha lentement la tête.

— Je te le promets.

Anna savait qu'il ferait tout pour tenir sa promesse. Cela rendait leur avenir commun moins effrayant. Elle glissa ses mains dans les cheveux soyeux de Raven. Les mèches claires étaient lisses et un peu froides. La sensation était si agréable qu'elle ne put retenir un sourire satisfait.

— Comment avons-nous pu vivre l'un sans l'autre pendant toutes ces années ?

Raven haussa les épaules et la serra contre lui.

— Je ne sais pas comment, mais nous avons dû l'oublier...

Il n'arrivait pas à détourner le regard du visage

d'Anna. Pour la première fois, il souhaitait pouvoir arrêter le temps.

— Reste avec moi, murmura-t-il enfin.

Les mains d'Anna se figèrent. Son regard redevint sérieux. Elle se souvint soudain où elle était et pourquoi, et sa bonne humeur s'estompa. Elle voulait rester, plus que tout au monde, et si le risque n'avait concerné qu'elle, elle n'aurait pas hésité un seul instant. Mais sa présence ici était un danger pour Raven. Ce risque-là était bien trop important. Sans essayer de cacher sa déception, elle secoua lentement la tête.

— C'est dangereux ici. Po peut revenir à tout moment pour te surveiller et, s'il nous attrape ensemble...

Rien que le fait d'y penser la fit frissonner.

Raven n'était pas convaincu.

Prenant le visage de Raven entre ses mains, Anna plongea les yeux dans la profondeur émeraude des siens. Elle avait besoin qu'il comprenne le danger de la situation.

— Nous nous trouvons sur le territoire de l'ennemi, et Po est un magicien très puissant. En plus, aujourd'hui, j'ai enfreint assez de règles pour me faire tuer immédiatement.

Raven pesa chaque mot avec obéissance.

— D'accord, murmura-t-il, profondément déçu, en relâchant son étreinte. Je vais t'aider, alors…

Il avait l'air d'un garçon à qui l'on a retiré son jouet préféré, et, pour Anna, c'était exactement pareil. Elle ne voulait pas s'éloigner de lui. C'était trop bon d'être assise sur ses genoux, de sentir ses bras autour d'elle, de toucher ses cheveux. Elle brûlait d'envie de l'embrasser encore, de se blottir contre lui en oubliant tout. Mais, au lieu de cela, elle se leva et fit un pas en arrière.

Raven ferma les yeux, comme s'il écoutait ses pensées. Anna attendait en silence. Enfin, il la regarda.

— Est-ce que tu sais escalader ?

— Oui, répondit-elle, se rappelant sa dernière descente.

— C'est bien, il se pencha et prit un rouleau de corde sous le lit. Viens, la voie est libre.

Anna ramassa rapidement tout ce qu'elle avait volé. Ils sortirent dans l'obscurité.

Raven trouva l'escalier et la guida par la main. Il avançait aisément dans le noir, rapide et silencieux, et Anna se dit qu'il devait être un ennemi dangereux. Elle n'arrêtait pas de l'admirer.

Enfin, la silhouette de Raven se détacha contre le ciel étoilé. La brise légère caressa la peau et les cheveux d'Anna. Ils étaient arrivés au sommet de la tour.

Le château brillait comme une étoile, et sa surface parfaitement polie renvoyait leurs reflets.

Raven se retourna.

— Anna, est-ce que je te verrai demain ? Je resterai sur le bateau pour la nuit.

Elle ne put retenir un sourire heureux.

— Tu m'amèneras sur ton bateau ?

Il sourit et acquiesça.

— Dis-moi juste où venir te chercher.

L'anticipation délicieuse remplit tout son être. Anna réfléchissait à un endroit sûr pendant que Raven fixait la corde autour d'un contrefort.

— Au nord du port, la côte est rocheuse. En haut, il y a une arche naturelle qu'on appelle la Porte des Étoiles. Tu la verras de loin. Il y a une petite anse dessous.

Raven écarquilla les yeux.

— La Porte des Étoiles…, répéta-t-il. J'y serai à la tombée de la nuit.

— Et s'il y a une fête au château ?

Il haussa les épaules et répéta :

— J'y serai.

L'ombre d'un oiseau tomba sur le mur. Anna leva la tête et vit le corbeau qui volait en grands cercles au-dessus d'eux.

— Merci, murmura-t-elle, projetant ses pensées vers lui. Le corbeau ne réagit pas, mais elle savait qu'il l'avait entendue.

— De rien, murmura Raven tout sourire. Oh, il faut que je te rende ça…

Il avait l'air coupable lorsqu'il sortit de sa poche le bracelet d'Anna. Le bracelet qui avait son signe magique.

— Il me l'a apporté, expliqua Raven, indiquant le corbeau d'un signe de tête. C'est pour ça que je connais ton nom… Pardon…

Émue et amusée par son air gêné, Anna eut du mal à réprimer un petit rire. Elle prit la main de Raven, plaça le bracelet autour de son poignet et l'attacha. Puis, elle retourna sa main et déposa un baiser sur sa paume.

L'expression de Raven fit accélérer son cœur.

— Il est à toi, maintenant, murmura-t-elle.

— J'ai hâte d'être à demain, avoua-t-il. Il vaut mieux que tu partes, sinon je risque de changer d'avis…

Anna obéit. Elle prit la corde de ses mains et se positionna sur la muraille pour descendre.

– Tire sur la corde trois fois quand tu seras en bas, lui dit Raven et l'embrassa rapidement sur les lèvres.

Anna se mit à descendre. C'était plus difficile qu'elle le pensait. La muraille paraissait interminable et le marbre poli glissait. Après avoir cogné son genou blessé contre le mur, Anna se souvint d'une incantation qui lui permit de descendre sans glisser. Elle se sentait de plus en plus fatiguée et elle avait mal aux bras. Elle pensait qu'elle allait bientôt gémir de douleur quand son pied toucha enfin le sol.

Ses genoux tremblaient. Elle s'appuya contre le mur et tira sur la corde trois fois. Cette dernière se précipita vers le haut.

Anna appela mentalement son cheval et fut soulagée d'entendre le bruit familier des sabots. Au-dessus d'elle, le corbeau noir faisait toujours des cercles dans l'air.

– *Que les dieux te protègent !* lui dit-elle mentalement tout en pensant à son capitaine.

Puis elle monta à cheval et se dirigea vers la forêt.

Plus elle s'éloignait de Raven, plus c'était difficile. Quand elle arriva enfin à leur cabane, elle avait vraiment envie de faire demi-tour ; tous les risques et Po lui-même avec sa magie destructrice lui paraissaient insignifiants comparés à son désir d'être à côté de Raven.

Nim l'attendait. Elle était assise dehors, immobile, cachée entre les branches d'un arbre.

Le cheval s'arrêta et Anna mit pieds à terre. Elle se sentait heureuse et complètement épuisée.

Nim la dévisageait, pensive. Crier ou montrer son inquiétude n'était pas dans ses habitudes.

Luttant contre la fatigue, Anna ne put pas se retenir :

— Nim, c'est incroyable. Je l'ai rencontré ! On partage une âme, vraiment ! Tu sais, nous l'avons senti tous les deux au premier regard ! Nim, c'est magique ! C'est comme… se souvenir de quelque chose de très cher mais oublié depuis longtemps…

Nim leva la main pour arrêter son torrent de mots. Son visage ridé gardait une expression neutre, mais ses yeux bleus souriaient. Elle descendit gracieusement de l'arbre et s'adressa enfin à Anna :

— Rentre à la maison, mon enfant. Je m'occupe de

ton cheval. Sur la table, il y a une tasse de thé pour toi. Mais ne pense même pas à t'endormir avant de m'avoir tout raconté !

Anna obéit. Peu de temps après, elles étaient assises devant un petit feu qui créait une atmosphère intime et confortable.

Le thé eut un effet régénérateur sur Anna et réveilla son appétit. Pendant qu'elle mangeait, elle raconta en détail à Nim tout ce qui s'était passé et lui montra ses découvertes.

Nim rejeta en arrière ses beaux cheveux dorés, pensive.

— Nous allons apprendre la vérité sur les événements de cette nuit-là. Je peux faire parler ce vieux sang. Mais il faudra attendre la pleine lune.

Anna jeta un regard vers la petite fenêtre.

— Deux jours. Nous avons attendu bien plus longtemps…

Nim acquiesça et se leva.

— Essaie de dormir un peu. Je vais dans la forêt. Nous allons avoir besoin de certains ingrédients spéciaux pour ce type de magie.

Anna lui adressa un regard innocent.

— Tu me pardonnes ? demanda-t-elle simplement.

Nim lui sourit avec affection.

– Bien sûr ! Te connaissant, je me doutais que tu n'allais pas obéir très longtemps. Ce qui compte vraiment, c'est que tu sois de retour saine et sauve. Cependant, vu tout ce que tu viens de vivre, je voudrais que tu me dises où tu vas et pourquoi, afin que je puisse te venir en aide au cas où. Est-ce que tu peux me le promettre ?

Anna comprit l'importance de cette demande et acquiesça :

– Promis.

Nim l'embrassa pour lui souhaiter une bonne nuit, comme d'habitude. Même si Anna n'était plus une enfant, elles avaient gardé cette tradition.

Une fois Nim partie, Anna s'installa dans son lit. Elle se remplit les poumons d'air nocturne frais et délicieux, et sourit, plongeant doucement dans le monde mystérieux des songes.

Avant son départ, Nim plaça plusieurs incantations sur la cabane. Elle avait besoin de savoir si quelqu'un essayait de s'en approcher. Jusque-là, ses protections avaient toujours été efficaces, et elle doutait vraiment que même le prêtre principal soit capable de les enlever, car sa magie était très ancienne, et plus personne dans le monde ne la connaissait. Satisfaite de son travail, la femme fée s'éloigna en silence. Elle avait tant à faire, et perdre du temps n'était pas dans ses habitudes.

Le cauchemar

Elle était sur un bateau. Le pont en bois bougeait rythmiquement sous ses pieds. L'air salé lui caressait les cheveux et jouait avec sa robe. Raven la tenait par la main. Il lui montrait le bateau et lui parlait de la navigation. Elle était heureuse et elle se sentait entière, plus que jamais en harmonie avec le monde. Elle souriait. Soudain elle remarqua une lueur dorée qui émanait d'eux et illuminait les autours. Elle s'arrêta pour la montrer à Raven. Raven sourit et l'embrassa.

– Nous sommes un soleil sous le soleil !

Elle se mit à pointe des pieds et posa ses lèvres sur les siennes, savourant leur douce chaleur. Il la serra contre lui.

Elle n'avait qu'une envie : que cela ne s'arrête jamais. Elle allait lui proposer de partir ensemble, en bateau, lorsqu'un coup d'éclair assourdissant déchira le ciel au-dessus de leurs têtes. Anna sentit la panique l'envahir. La poupe du bateau était en feu.

— Attends-moi ici ! lui cria Raven et relâcha son étreinte. Il courut vers le feu.

La tempête faisait rage autour du bateau. Les nuages lourds et sombres étaient si bas que les vagues énormes les touchaient presque. Une peur glaciale envahit Anna. Elle se jeta après Raven. Le bateau tressaillit violemment, les vagues froides et enragées s'abattirent sur le pont. Anna fut renvoyée brusquement en arrière et passa par-dessus bord. Elle ne pouvait plus voir Raven. S'agrippant au bateau de toutes ses forces, elle l'appelait encore et encore.

Sa voix était trop faible contre le tumulte des éléments qui faisaient rage autour d'elle. Elle savait que personne ne viendrait. Elle était seule et sans défense, luttant contre les vagues glaciales et monstrueuses. Le sens du danger indéniable la rongeait, mais son corps était léger et incontrôlable, comme s'il ne lui appartenait plus.

Pourtant, il n'était pas question de laisser tomber. Après un long moment qui sembla durer une éternité, elle parvint enfin à remonter sur le bateau et à se mettre debout. Où était passé tout le monde ? Il n'y avait pas d'équipage, il n'y avait même pas de rames pour contrôler le bateau. Arrachée par le vent, la voile disparut entre les nuages noirs.

Anna avança en courant et l'obscurité devint plus profonde autour d'elle. La lueur dorée s'était éteinte et Anna se sentit encore plus terrifiée. Impuissante, elle se rendit compte qu'elle courait sur place. Bientôt, l'obscurité l'enveloppa complètement. Elle ne voyait plus rien, mais elle continuait à appeler Raven, luttant contre son impuissance.

Un autre éclair illumina brusquement tout autour d'elle. Le bateau et la tempête n'étaient plus. Le silence si vide qu'il semblait sonner engloutit tout. Anna cligna des yeux et regarda autour d'elle.

Un seul objet se démarquait dans l'abîme noir qui l'entourait. Un cri d'horreur se figea sur les lèvres d'Anna. Suspendu dans l'air, le poignard ensanglanté brillait d'une lueur écœurante. Le crâne aux yeux de rubis jubilait sur sa poignée. Le sang frais scintillait sur sa lame, une goutte se formant sur la pointe.

Paralysée par la peur, Anna regardait la goutte tomber. Celle-ci tourna lentement dans l'air et attrapa la lumière, étincelant comme un rubis horrible.

– RAVEN !

Son propre cri la réveilla. Elle sanglotait, couverte

de sueur froide. Son corps tremblait. Elle mit du temps à comprendre qu'elle était en sécurité dans leur petite cabane forestière, dans son lit.

La pièce était sombre. Apparemment, il faisait encore nuit. Le feu s'était éteint ; seuls les charbons émettaient une faible lueur et diffusaient une chaleur agréable.

– Un cauchemar, juste un cauchemar ! se répéta Anna essayant en vain de se calmer. La panique la tenait fermement avec ses griffes glaciales.

Anna se leva. Elle vit l'horrible poignard sur la table et une nouvelle vague de panique la submergea. Étouffant un cri, Anna se jeta hors de la cabane et courut dans la forêt nocturne. Elle appela Nim. Elle avait besoin d'aide.

Nim répondit immédiatement.

Bientôt, Anna se retrouva accroupie à côté d'elle, cachée dans ses bras. Nim lui caressait les cheveux et écoutait attentivement son histoire incohérente. Elle savait ce que cela signifiait. Elle l'avait su pendant des années. Mais elle aimait trop Anna pour pouvoir prendre une décision objective : serait-il mieux de lui dire toute la vérité ou de la laisser ignorante ? Après tout, Anna connaissait la prophétie sur le destin terrible de leur amour. En même temps, elle était si heureuse quand elle parlait à Nim de son capitaine que souligner le côté désespéré de la situation paraissait extrêmement cruel. Après un moment de débat intérieur, Nim décida de ne pas ruiner la joie d'Anna, même si cette joie n'allait pas durer longtemps. Elle déposa un baiser sur la tête d'Anna et lui dit doucement :

– Allez, allez, ressaisis-toi. La panique est une très mauvaise alliée.

Anna sanglotait toujours, comme une enfant.

– Tu es en sécurité maintenant, et je suis sûre que ton bien-aimé l'est aussi… Essaie d'avoir des pensées claires.

Anna leva la tête et s'essuya les joues, docile.

– Mon enfant, ne laisse pas la peur s'emparer de toi. Si tu as décidé de lutter, crois en toi et utilise la moindre occasion. Profite de chaque instant !

Anna hocha la tête. La détermination grandissait au fond de ses yeux bleus. Nim aimait la jeune fille plus que tout au monde ; savoir que des souffrances terribles étaient destinées à Anna lui déchirait le cœur.

– Je te promets de faire tout mon possible pour t'aider, dit-elle doucement. Sois forte et écoute ton cœur. L'intuition est toujours la meilleure alliée !

Elles parlèrent un long moment, essayant de penser aux différentes possibilités et à leurs résultats. Anna n'avait plus peur. Au contraire, elle se sentait forte et déterminée, et cette résolution brûlait comme une flamme en elle.

– Je vais rentrer. On se voit cette nuit à la Porte des Étoiles. Je ne veux pas me sentir fatiguée ou ensommeillée, annonça-t-elle enfin.

Nim lui sourit avec une affection infinie.

– Bien sûr. Prends de la lavande pour ne plus avoir de cauchemars.

– Merci, Nim. Je t'aime.

Nim fit semblant d'examiner une plante pour cacher les larmes qui lui montèrent aux yeux.

– Moi aussi, je t'aime, mon enfant.

Anna rentrait à la maison lentement. Nim l'avait rassurée et réconfortée, certes, mais le sentiment d'inquiétude restait ancré au creux de son estomac. Si seulement elle pouvait voir Raven ne serait-ce qu'un instant, juste pour s'assurer qu'il allait bien ! Sans trop savoir pourquoi, elle appela son cheval et alla à la Porte des Étoiles.

La mer était calme et lisse. Le nouveau jour arrivait doucement. Les étoiles s'estompaient dans le ciel. L'arche naturelle appelée la Porte des Étoiles se dressait, imperturbable, sur la côte rocheuse et irrégulière.

Anna descendit du cheval et s'approcha de l'arche. La pierre balayée par le vent était froide sous sa main. Anna admirait en silence l'atmosphère particulière et mystérieuse de cet endroit.

Plus loin, dans la mer, elle vit le bateau de Raven, à l'ancre en face de la plage. À gauche se dressait le château où elle avait laissé Raven la veille.

Tout était calme et endormi dans la lumière grisâtre de la journée naissante. Une journée entière d'attente s'étendait devant Anna, une journée entière avant qu'elle puisse être de nouveau avec Raven.

Anna soupira et se tourna pour partir lorsqu'un croassement brisa le silence et la fit sursauter. Le grand corbeau noir la dévisageait du haut de la Porte des Étoiles, sa tête légèrement inclinée.

Anna lui sourit. Elle était vraiment contente de le voir.

– Quand est-ce que tu es arrivé là ? lui demanda-t-elle.

Un autre croassement moqueur.

– Où est Raven ? murmura Anna, incapable de dissimuler son inquiétude. Est-il sauf ?

Le corbeau resta immobile pendant un moment,

pensif. Anna le regardait aussi, essayant de deviner la réponse. Puis l'oiseau s'éleva dans l'air et plana à côté d'elle, attendant qu'elle lui tende le bras. Il se posa sur son poignet et plongea son regard dans le sien.

Le corbeau ne lui parla pas, comme la plupart d'animaux. Son regard impénétrable parut s'enfoncer dans l'esprit d'Anna, et elle eut le souffle coupé en voyant soudain la réponse en temps réel.

Elle était dans le château, dans la chambre où Raven l'avait amenée plusieurs marques de chandelle plus tôt. Elle reconnut les meubles simples, la porte en bois et le grand lit. Raven y était allongé, endormi. Ses cheveux étaient éparpillés sur l'oreiller et son dos musclé paraissait encore plus bronzé contre la blancheur des draps.

Comme s'il avait senti le regard d'Anna, il roula sur le dos et ouvrit les yeux, la regardant. Ses lèvres s'entrouvrirent dans un sourire endormi. Puis il lui fit un clin d'œil et Anna rougit, consciente d'avoir été démasquée lors de son espionnage. Elle cligna des yeux et la connexion s'interrompit.

L'oiseau croassa, moqueur, et prit son envol.

Anna le regarda planer par-dessus les vagues, son cœur battant trop vite. Elle était tout sourire. Ses inquiétudes s'étaient évaporées ; elle regrettait même sa gêne, impatiente de revoir Raven. Elle salua l'oiseau de la main, le remerciant de tout son cœur, puis se dirigea vers leur cabane.

Les jumeaux

Raven passa la plus grande partie de la journée au château avec trois hommes de son équipage. On les avait invités aux divertissements de reine Elena et au repas du midi. Les serviteurs se montraient très attentifs, mais la reine n'avait même pas regardé dans leur direction. En même temps, les Vikings savaient qu'on les surveillait tout le temps. Cet espionnage était extrêmement bien organisé : des personnes différentes ayant l'air de s'occuper d'autres choses les suivaient en permanence. Mais, étant des guerriers expérimentés, Raven et ses hommes ne se laissaient pas tromper facilement. Ils avaient décidé de se prêter au jeu en tant qu'invités contents, et d'observer.

L'atmosphère au château était bizarre. Tout était excessif : les compliments et les flatteries, les habits et les bijoux, les repas et les intérieurs luxueux. Raven pensa que cela avait l'air d'un grand théâtre de marionnettes où aucun sourire n'était sincère. La reine passait toute la journée à se divertir, comme si rien n'existait au-delà des murs du château.

Le soir, Raven réussit enfin à revenir sur le bateau, même si ce fut pour un temps très court, car reine Elena l'attendait pour le dîner.

Quand tous les vivres achetés au marché furent bien rangés, Raven alla rejoindre son frère Olaf sur la proue.

Olaf et Raven étaient jumeaux. C'était un atout stratégique important ; pour cette raison, ils n'apparaissaient jamais ensemble dans les pays lointains et les villes étrangères qu'ils visitaient.

Olaf sortit sa gourde et se poussa sur le banc pour faire de la place à Raven.

– Alors, frère, c'était comment ?

– Je l'ai rencontrée.

La main d'Olaf se figea dans l'air à mi-chemin de sa bouche. Son visage devint pâle. Il comprit immédiatement. Pendant quelques battements de cœur, il scruta le visage de Raven, comme s'il espérait malgré tout que son frère lui faisait une blague. Il secoua la tête, refusant d'y croire, et enfin demanda :

– Est-ce qu'elle le vaut vraiment ?

Raven sourit. Plusieurs années plus tôt, Olaf et lui

avaient entendu une prophétie qui parlait de leurs avenirs respectifs. Elle promit à Raven des siècles de souffrances et de douleur insupportable après avoir perdu son véritable amour. Olaf était persuadé que, dans ce cas, il était préférable de ne jamais rencontrer cette fille. Raven aimait beaucoup son frère, mais il ne pouvait pas être d'accord avec lui sur ce point, surtout après avoir rencontré Anna.

C'était difficile de décrire ce qu'il ressentait, car les mots « entier » et « heureux » ne pouvaient pas l'exprimer pleinement. Il était devenu un être nouveau, différent ; l'amour d'Anna brûlait en lui et lui donnait la joie et la force. Il était lié à Anna par des liens invisibles mais indestructibles, et cette connexion était au niveau de l'âme même. Ils étaient unis par quelque chose qui était plus grand que la vie, par quelque chose de très beau qui constituait la base de l'univers. Ils étaient destinés à se rencontrer, quoi qu'il en soit. C'était inévitable, et, au fond de lui, Raven espérait que cette connexion magique entre eux survivrait tous les malheurs et qu'ils seraient ensemble pour toujours, malgré tout.

– Crois-moi, elle le vaut.

Olaf avait l'air de vouloir dire quelque chose, mais il finit par pousser un soupir.

— J'ai un rendez-vous avec elle cette nuit à la Porte des Étoiles. Est-ce que tu peux m'aider, s'il te plaît ?

Olaf hocha la tête.

— Tu sais que je le ferai. Qu'est-ce que tu veux que je fasse ?

— Passe la nuit au château à ma place. Je veux l'épouser sous la Porte des Étoiles – ce serait bien que la magie ancienne nous aide aussi.

— Alors, tu as décidé de lutter contre la prophétie ?

— Oui. Anna va lutter avec moi.

— Anna…

Raven attrapa la main de son frère.

— Olaf, s'il te plaît, essaie de comprendre : la prophétie n'est pas la faute d'Anna. Nous y sommes ensemble, elle et moi, et *nous* avons décidé de lutter. Nous allons gagner ou perdre, mais, quel que soit le résultat, nous allons le faire ensemble.

Olaf eut un petit rire amer.

— Comment veux-tu que tout le monde l'accepte ?

Raven se tut. Il n'avait pas pensé à cela. Olaf avait raison : en tant que roi, il était libre de choisir sa femme, mais cela ne signifiait pas que son peuple allait l'accepter et la traiter comme leur reine.

— Je leur dirai la vérité. Je leur dirai que cela fait partie de la prophétie, qu'elle est mon véritable amour et qu'elle a une moitié de mon âme. Ensuite, elle gagnera le respect de tout le monde.

Olaf savait que la bataille était perdue. Plus par exaspération qu'autre chose, il exprima son dernier argument :

— Mais que va-t-il advenir de nos hommes ? Tu vas les mettre en danger pour elle ?

Raven grimaça. C'était un coup interdit. Il avait une peur bleue que quelqu'un allait souffrir ou mourir à cause de lui. Il se sentait très mal à l'aise d'envoyer Olaf au château à sa place. Il avait cherché une autre solution, mais en vain. C'était un risque à prendre, car il ne pouvait pas vivre sans Anna.

— Je ferai tout mon possible pour que toi et mes hommes soyez en sécurité. Si nous devons partir précipitamment, qu'il en soit ainsi. Je reviendrai chercher Anna seul.

Olaf secoua la tête.

— Je ne parle pas de ça. Que va-t-il advenir de notre peuple si quelque chose t'arrive ?

Raven sentait l'inquiétude profonde de son frère. Il avait passé des années à chercher quelque chose qui pourrait réconforter son frère et sa mère, ses êtres les plus chers, les deux personnes qui, à l'exception du jeteur de runes, avaient entendu la prophétie dans sa totalité. Mais en vain. Aucun argument ne fonctionnait. Raven détestait leur faire du mal.

– Notre peuple a de la chance : si quelque chose m'arrive à moi, ils t'ont, toi. Et moi, je ferai de mon mieux pour vous protéger tous, et pour protéger Anna. C'est bien pour cela que l'on m'a nommé roi. En même temps, je pense que tu as raison. Je sens le danger ici. C'est mieux de prévenir tout le monde.

Olaf ne dit rien. Son cœur était lourd, sa soif oubliée.

Sans plus attendre, Raven rassembla ses hommes pour discuter de la situation. Ils formaient une équipe, ils confiaient leurs vies l'un à l'autre, c'était donc naturel de laisser tout le monde s'exprimer et participer à la prise de décisions.

– Je ne pense pas qu'on arrivera à conclure un accord avec eux. La parole de la reine n'a aucun poids et je n'aime pas leurs prêtres, dit Ari.

Ari avait été le meilleur ami du père de Raven. Il était plus un guerrier qu'un diplomate, et il détestait tout ce qui était compliqué et élaboré.

– Je suis du même avis, acquiesça Orm.

Orm était aussi un excellent conteur et Raven attachait une grande valeur à son opinion.

– La reine est contrôlée par les prêtres, mais je suis curieux de voir le déroulement des négociations, annonça Sveinn avec son calme habituel.

– Je suis d'accord avec vous tous. Je ne fais aucunement confiance à la reine, ni à ses hommes, leur dit Raven. En plus, je sens que nous sommes en danger ici, même si je n'en connais pas la raison ni ne peux apporter de preuve à cela.

– Nous n'allons pas partir comme des lâches, sans avoir fait ce pour quoi nous sommes venus ! objecta Kirk.

– Nous devons essayer d'avoir ce bois, ajouta Ottar. Si Coenred nous attaque, sans ce bois, nous serons mal.

Raven leva la main pour les arrêter.

– Attendez ! Je ne propose pas de partir avant d'avoir essayé de négocier. Je veux juste vous avertir.

Kirk fit un geste dédaigneux.

– Nous avons vu des batailles et nous avons goûté au danger. Je peux parier qu'ils n'ont rien de nouveau ici !

– Ils ont la magie, répondit Raven.

– La magie ?

— Et alors ? Kirk n'était pas impressionné. Les magiciens sont humains, eux aussi. On peut les tuer avec une hache.

Raven n'en était pas sûr. Kirk sous-estimait un ennemi dont il ne connaissait pratiquement rien, et c'était dangereux. Heureusement, la plupart des Vikings étaient un peu plus raisonnables.

— Tu ne devrais pas les sous-estimer, Kirk, intervint Helgi. J'ai entendu dire que, parfois, les magiciens sont capables de faire des choses terribles. N'est-ce pas, Orm ?

Orm acquiesça et aussitôt cita quelques exemples.

Cela ne fit pas vraiment peur aux Vikings, et Raven était du même avis. Ils n'avaient jamais vu la magie, mis à part les runes, et c'était très difficile de le prendre au sérieux. Cependant, pour le moment il n'avait pas le temps de s'en occuper. Peut-être, c'était même mieux ainsi : la peur pouvait être paralysante et ils n'avaient surtout pas besoin de cela.

— Il y a une autre chose que je dois vous dire. Vous vous souvenez de la prophétie du jeteur de runes, qui a fait de moi votre roi ?

Tout le monde s'en souvenait. Ce fut un événement qui se produisit à l'époque où Raven, un garçon mineur et le second des jumeaux, avait été proposé comme successeur de son père, décédé pour gagner la guerre contre les mêmes Étrangers maléfiques qui les menaçaient aujourd'hui. La prophétie n'avait pas menti, au plus grand étonnement de tout le monde, et Raven avait alors gagné la guerre. Cependant, personne ne connaissait l'autre partie de la prophétie, celle qui parlait du véritable amour de Raven et de tout ce qui devait arriver après.

Raven décida qu'ils n'avaient pas besoin d'en connaître la partie effrayante. En quoi est-ce que cela pouvait leur être utile ? Mais il leur raconta qu'il était destiné à trouver son véritable amour, qu'il venait de la rencontrer et avait l'intention de l'épouser.

La réaction de ses hommes fut une surprise agréable : ils l'encouragèrent et le félicitèrent.

– J'espère qu'elle est belle !

– Il vaut mieux qu'elle soit belle !

– Je suis sûr qu'elle l'est !

– Prends-la avant que quelqu'un d'autre ne décide de te la voler !

– Vas y, Konungr*, et profite bien de sa compagnie ! Tu l'as mérité ! Olaf ira au château à ta place, n'est-ce pas, Olaf ?

---

* Konungr – roi (vieux norrois)

Olaf hocha la tête, son regard détourné.

– Tu peux compter sur moi.

Mis à part Raven, personne ne remarqua le mal-être d'Olaf.

Pendant qu'Olaf enfilait les habits de Raven, cinq hommes s'installèrent dans la petite barque. Ils allaient accompagner Olaf au château.

Le cœur d'Olaf était lourd lorsqu'il prit place dans la barque. Il prit la main de son frère.

– Hrafn*…

Il voulait lui dire tellement de choses, mais, soudain, les mots lui manquaient.

Raven lui tapota l'épaule.

– Je viendrai prendre ta place au matin, frère.

– Sois prudent, s'il te plaît.

---

* Hrafn – Raven en vieux norrois. Ce prénom signifie « corbeau »

La Porte des Etoiles

Anna se rendit à la Porte des Étoiles avant le coucher du soleil.

Elle avait dormi pratiquement toute la journée. Le soir, Nim la réveilla. Anna se força à manger et partit rapidement. Nim la regarda partir avec un mélange d'émotions. Elle était assez sage pour tout accepter, surtout si cela rendait Anna heureuse. D'un autre côté, Anna était tout pour elle, la fille qu'elle n'avait jamais eue, et Nim ne pouvait pas s'empêcher d'être agacée par l'apparition de cet homme. Son arrivée brusque dans leurs vies annonçait la réalisation de la prophétie et l'approche menaçante du danger.

Sans plus attendre, Anna précipita son cheval vers la Porte des Étoiles. La patience ne faisait pas partie de ses qualités, et l'attente lui semblait être la pire des punitions.

Quand elle arriva, elle laissa son cheval se balader

et s'assit dans l'herbe, le dos appuyé contre l'arche. De sa place, elle pouvait voir le château et le bateau, mais rien ne se passait, ni dans un endroit ni dans l'autre.

Bientôt, l'inquiétude s'empara d'elle de nouveau. Et si Raven n'avait pas réussi à quitter le château ? Ou, pire encore, si quelque chose lui était arrivée ? Elle dut faire des efforts pour se calmer et continuer à attendre, mais le moindre bruit la faisait sursauter.

Le soleil mit trop longtemps à disparaître. Pour la première fois de sa vie, Anna ne l'admirait pas, mais souhaitait qu'il se cache plus vite.

Enfin, la nuit vint. Le cœur d'Anna se mit à battre plus vite lorsqu'elle vit une petite barque apparaître juste derrière le bateau. Elle la regardait s'approcher et quand elle fut sûre que la barque se dirigeait vraiment vers elle, elle se leva et descendit rapidement dans l'anse. Elle brûlait d'envie de voir Raven.

Raven manœuvra sa barque dans l'anse. Il sourit en voyant Anna qui l'attendait avec impatience.

– Ne rentre pas dans l'eau, lui dit-il. Je vais venir à toi.

Mais elle ne pouvait plus attendre. À peine il descendit dans l'eau pour tirer la barque sur le sable qu'Anna se jeta dans ses bras.

Raven l'embrassa en riant, la barque oubliée.

– Raven, répéta-t-elle, savourant sa présence. Tu es sain et sauf !

– Bien sûr. Mais je suis content que tu aies décidé de le vérifier.

Anna sentit son visage s'empourprer.

– Pardon, j'ai fait un cauchemar…

Raven rit et posa la main sur la joue d'Anna.

– Tout va bien. Nous partageons une âme. Je n'ai pas de secrets pour toi.

Anna se sentit soudain timide.

– Moi non plus. Mais maintenant que tu en parles, j'ai envie de tout savoir sur toi.

Raven lui sourit.

– Je vais satisfaire ta curiosité, mais d'abord, il faut que je t'embrasse.

Il frôla les lèvres d'Anna très légèrement, comme s'il la taquinait.

Anna glissa ses bras autour de son cou et le serra contre elle. Elle voulait être tout près de lui, aussi près que possible, car ce ne fut qu'alors qu'elle se sentait vraiment bien. Les lèvres de Raven enflammaient tout son être et faisaient faiblir ses genoux.

Quand enfin ils réussirent à s'arrêter, Raven regarda autour d'eux, haletant. Son regard se posa sur l'arche. Fière et immobile, la Porte des Étoiles se dressait au-dessus d'eux dans la lumière argentée de la lune.

– C'est la fameuse Porte des Étoiles, dit-il, fasciné. Est-ce qu'on peut s'approcher ?

– Bien sûr.

Ils remontèrent le petit chemin rocheux et s'arrêtèrent devant l'arche. Les pierres sombres paraissaient vivantes, comme si elles les observaient en silence.

Raven toucha l'arche, admiratif.

– Pour mon peuple, cette arche est légendaire, dit-il doucement.

– Pourquoi ? demanda Anna, étonnée.

Il haussa les épaules.

– On dit qu'autrefois un grand héros, légendaire par ses actes et son courage, épousa sa bien-aimée en passant sous cette arche. Ils ont vécu longtemps dans la joie et le bonheur, et ils eurent beaucoup d'enfants. Ainsi, on croit que la Porte des Étoiles est un symbole d'amour heureux et durable.

Anna sentit un frisson la parcourir. Elle regardait Raven, incapable de trouver de mots adéquats.

Les yeux émeraude de Raven brillaient d'espoir. Il tendit sa main à Anna.

— Anna, veux-tu passer sous cette arche avec moi ? sa voix était rauque, emplie d'émotions.

Le cœur d'Anna se mit à battre trop vite dans sa poitrine, des larmes de joie lui remplirent les yeux. Elle posa sa main sur celle de Raven et hocha la tête :

— Je le veux.

Un sourire à couper le souffle illumina le visage de Raven. Ses yeux brillaient d'un amour si intense qu'Anna sentit le sol se dérober sous ses pieds.

Main dans la main, ils entrèrent sous l'arche. Ils s'arrêtèrent un instant et levèrent les yeux vers la voûte en pierre au-dessus de leurs têtes, puis se regardèrent de nouveau. L'expression de Raven rayonnait d'excitation et de joie, et Anna avait l'impression de flotter sur un nuage de bonheur.

Raven posa son bras autour de la taille d'Anna. Il se pencha lentement et l'embrassa sur la bouche. Anna répondit avec toute la passion qu'elle avait pour lui, désirant de tout son cœur que la magie de cette ancienne arche fonctionne pour eux aussi. Ils allaient devoir lutter contre la destinée même, et ils avaient besoin de toute aide imaginable.

Rayonnants, Raven et Anna sortirent de l'arche. Le monde entier leur paraissait désormais différent.

En plus de leur propre lien, ils étaient désormais unis par un vieux mariage païen. Les rochers, la lune, les étoiles et la mer étaient leurs témoins.

– C'est le mariage le plus romantique au monde ! murmura Anna.

Raven rit, ses dents blanches brillant dans l'obscurité.

– J'ai rêvé à ce que ce soit ainsi.

Randi

Le prêtre principal se réveilla en sursaut. Son corps était raide, sa poitrine se soulevait et retombait rapidement. Des souvenirs vieux et mauvais qu'il désirait parfois pouvoir effacer hantaient ses rêves une fois de plus.

La douceur écœurante de la voix de son maître résonnait toujours dans sa tête :

— *Randi, mon beau garçon, tu veux me faire plaisir, n'est-ce pas ? Je te veux que du bien, tu le sais !*

Po se frotta le visage. Il ne voulait pas se souvenir de son enfance. C'était une autre vie, une vie terminée et effacée. La vie d'un jeune garçon Randi, le garçon dont personne ne se souvenait à l'exception de Po. La pauvreté, la faim et les privations faisaient partie de la vie de sa famille pendant des générations. Randi les méprisait tous. Pour leur attitude et leurs valeurs, pour ce qu'ils étaient. Il les détestait de tout son être. Même enfant, il désirait n'avoir rien en commun avec eux. Il savait qu'il y avait d'autres possibilités : il y avait des gens plus propres, plus intelligents, plus riches, des gens qui pouvaient tout avoir, et Randi voulait désespérément être comme eux. Quand il avait compris cela, il avait refusé de travailler dans la mine avec son idiot de père et ses frères crasseux. Ni les discussions ni la raclée ne le firent changer d'avis. Alors son père le vendit à son premier et unique maître, un prêtre gros et riche au visage gentil, qui aimait les garçons jeunes et beaux.

Au début, Randi était très content : la chance d'une vie meilleure s'offrait à lui, une vie avec assez de nourriture et des habits propres. Mais sa joie n'avait pas duré longtemps. Le prêtre le battait et le maltraitait, tout en prêchant que c'était pour le bien de Randi, car ce n'est qu'à travers la douleur que l'on peut gagner « la sagesse ultime ». À l'époque, Randi avait onze ans, et il avait beaucoup de mal à y croire.

Pour les autres prêtres, aussi, Randi n'était qu'un esclave. C'était hilarant pour eux de l'humilier.

Pendant ce temps-là, Randi se sentait plus malheureux que jamais. Tous ses espoirs d'atteindre une vie meilleure étaient brisés et piétinés dans la boue. Certes, il était nourri et avait des habits propres, mais il se sentait plus sale qu'avant et beaucoup plus pauvre, car même son propre corps ne lui appartenait plus. Il ne pouvait pas fuir ni revenir en arrière : Randi avait juré qu'il ne reviendrait jamais dans sa famille répugnante, et le peu d'orgueil qui lui restait ne le lui aurait jamais permis de toute façon. La vie avait perdu toute attirance. Elle n'était plus qu'une torture incessante et dégoûtante.

Randi voulait mourir, mais son maître savait toujours quand s'arrêter. Les mauvais traitements et les tortures n'étaient jamais suffisants pour obliger le garçon à rester au lit pendant plus d'une journée. Ce fut la période de la plus grande faiblesse de Randi, dont les souvenirs suscitaient toujours en lui un sentiment de honte profonde et de haine de soi, accompagné d'une écrasante misère et d'une grande exaspération. À cette époque il avait perdu sa personnalité.

Cependant, le salut tant désiré vint inopinément. Déterminé à se faire tuer par son maître, Randi rentra exprès dans ses chambres quand c'était interdit. Il vit alors le gros prêtre pratiquer de la magie. Une boule de feu que son maître avait produite en un mouvement de doigts flottait dans l'air et se déplaçait selon le bon vouloir du prêtre. Randi se figea, incapable de détourner le regard, impressionné jusqu'au plus profond de son âme. Il n'avait jamais rien vu de tel. Mystérieuse, capricieuse, puissante, la magie était exactement ce dont il avait besoin, ce qu'il cherchait sans le savoir. C'était la réponse parfaite à tous ses problèmes et à toutes ses souffrances.

Émerveillé, le garçon oublia toute prudence. La voix de velours du prêtre le ramena à la réalité. Randi cligna des yeux. Il n'était plus si sûr de vouloir mourir. Cependant, son maître prit son expression ébahie pour de la peur et fut ravi. Randi s'en sortit avec une bonne raclée, qui l'envoya au lit pour trois jours. Mais cela n'avait plus aucune importance : la flamme vivifiante de l'espoir grandissait déjà en lui. Elle lui chauffait le cœur et donnait un sens à sa vie de misère et de souffrance. Il avait besoin de magie, coûte que coûte.

La magie lui avait ouvert d'autres horizons. Elle était devenue sa lumière, son inspiration et son désir. Elle lui donnait la force de tout endurer. Il se mit à apprendre avidement tout ce qu'il pouvait, de l'art de la douleur et de la torture à la ruse et à la manipulation. Il accepta tout sans se plaindre et fit les choses les plus écœurantes pour satisfaire son maître stupide. Mais la nuit, quand ce dernier s'endormait,

Randi pénétrait dans le bureau interdit pour lire et apprendre.

Il apprenait et s'exerçait autant qu'il le pouvait, et il avait assez de patience pour cacher ses succès à tout le monde, jusqu'au moment où il fut enfin prêt. Cela ne fit que rajouter de la saveur à sa vengeance : le souvenir du visage de son maître, ses gémissements de petite fille pendant que Randi prenait son temps, et son plaisir à le torturer le faisaient toujours sourire.

Fort heureusement, Randi et les fantômes du passé ne hantaient pas Po trop souvent. Mais quand ils surgissaient, il se sentait toujours faible et impuissant. Il détestait ces sentiments. Pour les étouffer, il devait passer un long moment à se rappeler tout ce qu'il avait atteint, toutes les vies qui étaient sous son contrôle total, et la facilité avec laquelle il pouvait torturer et tuer n'importe qui. Mais surtout, il devait se rappeler que plus jamais personne ne l'humilierait et ne lui ferait du mal.

Po marcha jusqu'au grand miroir. Son corps était jeune et parfait ; il n'y avait aucune cicatrice, aucune trace de douleur. Aucune trace d'âge, non plus. Il était capable d'effacer tout cela avec la magie. Il avait personnellement torturé et tué tous ceux qui avaient osé lui infliger de la douleur, son père et ses frères inclus. Il ne s'était pas donné la peine d'aller chercher sa mère et sa sœur : elles n'étaient que de la fripouille et elles ne méritaient pas son attention. En outre, plus de cinquante ans s'étant écoulés depuis, elles étaient sans doute déjà mortes. Il ne voulait plus rien avoir en commun avec ces gens incultes et grossiers, couverts de poussière, aux yeux éteints et au visage creux. L'ancien garçon esclave maltraité n'était plus. Un homme nouveau était né à sa place : fort, intelligent et meurtrier ; un homme que tout le monde respectait et craignait à juste titre, le plus puissant des magiciens.

Po enfila sa tenue blanche en pensant qu'après tout, son ancien maître avait raison pour une chose : la douleur et la peur étaient vraiment les meilleurs outils pour obtenir n'importe quoi. Le monde se divisait entre les forts et les faibles. Les forts jouaient avec les faibles et les utilisaient à leur guise. Ils pouvaient donner aux faibles un peu de joie ou les faire se tordre de douleur. Ils pouvaient façonner leur vie et leur destin de faibles. C'était leur droit naturel. Le plus fort gagnait toujours, et c'était juste. Celui qui était né faible pouvait devenir fort, comme Po l'avait fait, s'il avait du cran pour cela. Quant aux autres, créatures misérables et lâches, elles méritaient de servir et d'être manipulées ; leurs corps, leurs vies, et même leurs âmes appartenaient de plein droit à ceux qui étaient plus forts et plus intelligents.

Po se détourna du miroir et s'approcha de la table. Son rubis préféré brillait dans la lumière de lune. La pierre paraissait vivante, comme si elle observait le prêtre, comme si elle connaissait tous ses secrets et toutes ses pensées, comme si elle se moquait de lui pour sa faiblesse, pour ce qu'il avait fait et subi un jour.

Po sentit monter une colère contre la pierre. Il attrapa le rubis et le tint devant lui.

– J'ai gagné ! Je les ai tous vaincus ! lui siffla-t-il. C'était tout pour la magie ! Pour la magie, tu entends ? La magie le valait bien !

Il reposa brusquement le rubis sur la table, pas complètement convaincu que son explication ait satisfait la pierre mystérieuse.

– Je vais te le prouver maintenant, puisque Melaina est revenue, promit-il au rubis et s'assit.

Le fait de penser à Melaina ne fit qu'accroître son amertume, mais Po repoussa ce sentiment pour pouvoir planifier tranquillement son avenir. Le nouveau jeu venait de commencer. Il avait hâte de jouer.

Il se souvint de la fille qu'il avait vue lors de la cérémonie. Il y avait quelque chose d'inquiétant dans son expression, quelque chose que Po n'arrivait pas vraiment à cerner. Comme si elle venait d'avoir une révélation. Est-ce qu'elle avait vu un présage dans l'apparition du corbeau ? Melaina était revenue sous la forme de cette nouvelle fille et elle avait dû changer. Po se rendit soudain compte qu'il ne savait pratiquement rien sur elle.

Son regard se promena sur les objets posés sur la table et s'arrêta sur un petit sac en cuir. Po le prit et l'ouvrit. Des os de doigts humains cliquetaient à l'intérieur. Bien sûr, Po avait d'autres outils pour la divination, mais ces os qu'il avait personnellement collectés de ses ennemis, dont son père, ses frères et son ancien maître, paraissaient les plus appropriés à utiliser après un cauchemar. Ces os représentaient une autre preuve de la force de Po, de son triomphe sur tous ceux qui avaient un jour osé l'humilier et le maltraiter.

Po glissa sa main à l'intérieur du sac et caressa les os avec affection, tout en formulant sa question. Puis, il jeta les os sur la table devant lui. Il prit son temps pour lire la réponse qu'ils lui montraient, commençant par le début.

Elle s'appelait Anna. Elle était l'enfant de Melaina. Elle avait quelqu'un à ses côtés, un gardien qui avait réussi à la cacher de Po pendant toutes ses années. Anna était une magicienne talentueuse.

Les lèvres de Po formèrent un sourire satisfait. Quelle coïncidence ! Elle était toujours exactement la femme dont il avait besoin. Le prêtre principal sentait que la fille était pure et intelligente. Elle allait lui permettre d'atteindre un pouvoir encore plus grand, car la magie de ses ancêtres coulait dans son sang. Enfin, elle allait lui appartenir !

Po était si impatient d'en apprendre davantage, qu'il ne prit pas le temps de savourer la vision de sa prochaine victoire. Sa main pâle s'immobilisa au-dessus des os étalés sur la table et sa belle vision se brisa, remplacée par la même agonie qu'il avait sentie presque vingt ans en arrière.

Anna était amoureuse. Quelqu'un venait de la lui voler.

– Non, non, NOOOOON ! le rugissement agacé du prêtre principal résonna dans la chambre et le couloir adjacent, réveillant quelques prêtres de l'étage inférieur.

La colère noire le consumait, bouillante. Il tremblait, tout comme Randi avait tremblé. Il avait soif de tuer, de torturer quelqu'un, d'entendre des cris de douleur, de voir et sentir le sang.

Au prix d'un effort surhumain, Po se rappela que le jeu n'était pas encore fini. Il ne pouvait pas tuer Anna. Il avait tant besoin d'elle et de sa magie. Mais le cas de son homme était différent. Ce bâtard était condamné. Son destin avait été scellé au moment où il avait touché Anna. Po allait découvrir qui c'était et allait prendre du plaisir à le faire payer pour tout.

Penché au-dessus de la table comme un prédateur vorace prêt à attaquer, le prêtre principal formula une nouvelle question. Les os cliquetèrent contre la surface lisse en bois, formant la réponse que Po cherchait : « Raven ».

Le cadeau de mariage

Peu après leur mariage à la Porte des Étoiles, Anna était assise dans la petite barque en face de Raven.

Raven était magnifique ; les muscles jouaient sous sa peau quand il ramait et une mèche de cheveux était tombée sur son visage. Il lui souriait et elle nageait dans le bonheur. Elle tendit la main et repoussa la mèche échappée derrière son oreille. Il tourna la tête et plaça un baiser rapide sur sa main.

Anna sourit et se mordit la lèvre.

Les yeux de Raven s'assombrirent et il déglutit.

– Si tu continues à faire ça, nous n'arriverons jamais au bateau… mais je ne le regretterai pas.

Anna rit. Elle était si sereine en sa compagnie ! Ils venaient à peine de se rencontrer, mais elle avait l'impression de le connaître depuis toujours. Elle retira sa main.

— Comment as-tu fait pour partir du château ? demanda-t-elle, changeant de sujet. Si tu y as dormi la nuit précédente, c'est que la reine s'attendait à ce que tu restes aujourd'hui aussi.

Raven acquiesça.

— C'est vrai. Nous sommes venus pour négocier un accord commercial. En tant que roi, je dois accepter l'hospitalité de la reine et dormir dans son château pendant notre séjour. Seulement, je n'ai pas dit à la reine que j'avais un frère jumeau. Aujourd'hui, c'est lui qui dort dans le château à ma place.

— Oh…

Parfois, Anna rêvait d'un frère ou d'une sœur. Mais elle n'avait jamais pensé aux jumeaux. Maintenant son imagination se régalait.

— C'est très gentil de sa part, s'émerveilla-t-elle.

Son expression fascinée fit sourire Raven.

— Olaf est mon ami le plus proche. Il l'a toujours été. Il a entendu la prophétie et il a peur pour moi. Mais il est d'accord pour que je passe autant de temps que possible avec toi.

— Dis-lui merci de ma part.

— Je dirai, mais bientôt tu vas le rencontrer, de toute façon.

La barque s'approcha du bateau de Raven et Anna se tourna pour le regarder.

Le bateau était majestueux ; il paraissait irréel dans la lumière argentée de lune. Anna tendit la main pour toucher le bord. Le bois était frais et lisse sous ses doigts.

Deux hommes montaient la garde. Ils vinrent aider Anna à monter à bord et la saluèrent poliment. Raven la suivit. Les hommes ne parlaient pas la langue d'Anna. Raven fit la traduction à voix basse, pour ne pas réveiller le reste de l'équipage.

Raven présenta ces hommes, Ottar et Helgi, puis leur expliqua qu'Anna était désormais leur reine, car ils s'étaient mariés sous la Porte des Étoiles.

Ottar et Helgi eurent l'air surpris, mais leurs regards curieux et leurs sourires disaient qu'ils la trouvaient assez bien pour leur roi. Ils s'étaient inclinés devant Anna et lui avaient souhaité la bienvenue. Anna sentit son visage s'enflammer, mais Raven souriait, heureux. Il la prit par la main et la conduisit au centre du bateau, où il y avait une petite tente avec des provisions.

– Attends-moi ici, lui dit-il avant de disparaître sous la tente.

Il réapparut très vite avec une petite boîte en bois.

— Qu'est-ce que c'est ? lui demanda Anna.

Raven sourit.

— Ouvre-la.

Anna prit la boîte et l'ouvrit. Elle en eut le souffle coupé : un collier d'une rare beauté se trouvait à l'intérieur. Créé avec talent et amour, il s'incurvait délicatement, comme une plante fine, et des petits diamants en forme d'étoiles scintillaient joyeusement dans chaque courbe élégante.

— Ton cadeau de mariage, lui chuchota Raven. Ses yeux émeraude brillaient plus fort que les diamants.

Anna était ébahie. Elle était si émue que les larmes lui montèrent aux yeux. Elle voulait lui dire tant de choses, mais n'arrivait pas à trouver de mots pour exprimer ce qu'elle ressentait. Elle n'avait jamais vu un bijou aussi joli, mais l'expression de Raven, l'amour qui illuminait ses yeux était encore plus éblouissant. Il était son homme. Elle l'aimait de tout son être, et il l'aimait, lui aussi.

— C'est ... très beau.

Raven prit le collier et le plaça autour du cou d'Anna. Elle resta immobile, savourant son toucher, le dévorant des yeux. Elle savait qu'elle pourrait le regarder pendant une éternité sans jamais en avoir assez. C'était lui, son cadeau le plus précieux. Anna se releva sur la pointe des pieds et plaça un baiser sur la bouche de Raven. Les mains de Raven descendirent le long de son dos et l'attirèrent vers lui.

– Pourquoi ne m'avez-vous pas réveillé ? dit quelqu'un d'un ton légèrement contrarié.

Anna s'écarta de Raven et se retourna. Un homme plus âgé se tenait derrière elle, ses mains sur les hanches.

– Anna, c'est Orm, lui expliqua Raven. Il est notre source de sagesse et de contes.

Les yeux d'Orm pétillèrent. Il s'inclina légèrement devant Anna :

– Je suis honoré de te rencontrer enfin. S'il vous plaît, racontez-moi tout ce que j'ai raté.

Les lèvres de Raven tremblèrent sous l'effort qu'il fit pour cacher son sourire.

– Si on ne lui raconte pas, il ne nous laissera jamais tranquilles.

Tenant toujours Anna dans ses bras, Raven parla à Orm du mariage à la Porte des Étoiles.

Le vieil homme écarquilla les yeux, fasciné.

– Donc, tu n'as pas oublié la légende que je t'avais racontée, dit-il, content.

Raven acquiesça.

– C'était impossible de l'oublier.

Le sourire d'Orm creusa les rides autour de ses yeux.

— Mes félicitations à vous deux.

Orm fit un pas vers eux et serra Raven dans ses bras. Anna sentait qu'Orm avait beaucoup d'affection pour lui, et le vieil homme lui était très sympathique.

Ensuite, Orm se tourna vers Anna.

— Bienvenue, Anna, notre nouvelle reine, dit-il avec affection et la serra dans ses bras.

— Merci, murmura Anna, émue par sa sincérité.

— Que votre vie ensemble soit longue et très heureuse, leur souhaita Orm.

Anna se raidit. Elle avait tellement envie que ce vœu se réalise ! Elle croisa le regard de Raven. Il pensait la même chose.

C'était leur nuit. Anna et Raven avaient décidé de la savourer pleinement. C'était facile de repousser les pensées tristes quand ils étaient ensemble.

Raven lui montra son bateau tout en lui expliquant le rôle de chaque pièce. Anna l'écoutait attentivement, fascinée et ravie. Sa réaction fit rayonner de fierté Raven. Anna posait des questions sur la navigation et Raven répondait sans jamais lâcher sa main.

Quand il n'y avait plus rien à explorer, ils s'installèrent sur la poupe. Ils avaient tellement de choses à se dire qu'une vie entière n'aurait pas suffi.

Orm leur apporta à manger, de l'eau, du pain sec et du fromage, et ils dînèrent avec appétit.

Anna parla à Raven de sa vie et de Nim, tandis que Raven lui parla de son enfance et de ses parents.

– Quel effet cela fait-il de devenir roi si jeune ?

Raven poussa un soupir.

– J'aurais voulu te mentir et dire que c'était comme un rêve qui, soudain, se réalise, mais ce n'était pas ainsi. Je n'avais jamais douté qu'Olaf allait être le prochain konungr, et ça me convenait très bien. J'étais d'accord pour le suivre. Quand je me suis rendu compte que ce n'était pas une blague, que l'on m'avait vraiment nommé roi, j'ai eu peur. Nous étions en guerre à l'époque, et tout le monde s'attendait à ce que je la gagne... Mais j'ai eu une chance inouïe. Ce fut un hasard, vraiment : je n'avais que dix ans. J'ai tué un homme adulte qui était un roi et un très bon épéiste.

Raven secoua la tête, incrédule.

– Je savais que plusieurs vies dépendaient de moi. Je peux toujours sentir leurs regards dans mon dos. J'étais petit et faible. Je ne voulais pas combattre, mais j'avais trop peur de ne pas pouvoir les protéger. Le devoir primordial d'un konungr est de s'occuper de son peuple, de tout faire pour que les gens soient bien, en sécurité, même s'il doit sacrifier sa vie pour cela. Parfois, j'ai envie que cette responsabilité ne soit pas la mienne.

Anna se pelotonna contre lui et il l'embrassa sur la tête.

— Il t'est arrivé de vouloir être reine ?

Anna haussa les épaules.

— Quand j'étais petite, je jouais que j'étais une reine, comme ma mère. C'était la seule raison qui rendait cela attrayant pour moi. Puis, après ma dernière visite au château, j'ai compris qu'il n'y avait aucune raison pour moi de le devenir. Je ne suis pas comme Po, je ne suis pas avide de pouvoir. En plus, je ne ressens rien pour ce peuple. Je n'ai pas envie de faire quoi que ce soit pour lui, sans même parler de sacrifices.

— Désolé, je viens de te faire reine de mon peuple.

Anna leva la tête et le regarda. Un sourire espiègle jouait sur ses lèvres. Elle lui rendit son sourire.

— C'est différent. Je peux faire ça pour toi. Je serai heureuse de m'occuper de ceux qui te sont chers et de ceux qui sont importants pour toi. En plus, ton peuple est différent. Il ne se laisse pas manipuler par des mauvais prêtres assoiffés de pouvoir, il ne te trahit pas.

Raven secoua la tête.

– Les gens sont tous les mêmes. C'est la nature humaine. Mon peuple peut aussi faire des choses stupides, succomber à des manipulations, trahir ceux qu'ils aiment. Cela ne veut pas toujours dire qu'ils sont méchants. Mon devoir est de les protéger au mieux de mes possibilités, parfois même de les protéger d'eux-mêmes.

Anna l'écouta attentivement, puis hocha la tête, pensive.

– Je sais que tu as raison. Je ne sens pas cette sagesse au fond de moi, mais je vais retenir tes mots et je vais me baser là-dessus pour mes actions futures.

Raven lui adressa un sourire de gamin.

– Tu es parfaite comme tu es, Anna. Ta sagesse est différente, mais tout aussi précieuse.

Anna plongea son regard dans le sien et eut le souffle coupé. Elle aimait son sourire, elle aimait la façon dont ses yeux pétillaient, son odeur, le son de sa voix… et elle avait envie de l'embrasser.

Il comprit immédiatement à quoi elle pensait et posa sa bouche sur la sienne.

Anna sentit son âme même répondre à ce baiser.

— Donc, tu es magicienne ? lui demanda Raven peu de temps après.

— Oui. C'est dans mon sang. Nim est mon professeur.

— Et la magie est ton arme préférée ?

Anna haussa les épaules.

— En vérité, je n'ai pas d'arme préférée. Je m'en sors pas mal avec un arc et je sais utiliser les poignards. J'utilise la magie le plus souvent parce que c'est pratique, mais mes connaissances ne peuvent pas être comparées à celles de Nim.

Raven la regardait avec admiration.

— Je ne suis pas habitué à la magie. Je ne l'ai jamais vue, à part la divination sur les runes.

Une étincelle espiègle apparut dans les yeux bleus d'Anna.

— Tu veux que je te montre ?

Raven acquiesça. Il avait du mal à cacher sa curiosité.

Anna réfléchit vite et décida de faire une incantation facile. En un seul mouvement de poignet, elle fit apparaître une petite flamme dans l'air. Elle l'agrandit un peu et la fit prendre la forme d'une fleur qui flottait au-dessus des vagues.

Raven était impressionné.

— C'est difficile à faire ?

— Non, celle-ci est facile, mais il y a des sorts qui sont difficiles et demandent beaucoup d'énergie.

— Ton énergie ?

— L'énergie de mon corps. C'est la même chose qu'un effort physique, comme courir ou manier une épée.

— Qu'est-ce que tu sais faire d'autre ?

— Je sais guérir certaines blessures, placer une protection, parler aux animaux, fabriquer des potions, soulever des objets sans les toucher, ouvrir les portes fermées, trouver les traces invisibles des gens, escalader les murs sans glisser... Je peux casser les objets sans les toucher. Je peux aussi détourner des sorts.

Raven prit sa main et l'embrassa.

— Tu es merveilleuse, lui chuchota-t-il.

Anna rit.

— C'est toi qui es merveilleux ! Et ton arme préférée ?

— L'épée. J'ai hérité de l'épée de mon père, et la plupart du temps, c'est elle que j'utilise au combat. C'est une bonne arme et elle m'est chère, parce qu'elle appartenait à mon père.

— Je peux la voir ?

— Oui.

Raven sortit l'épée de son fourreau et la tendit à Anna.

Anna passa les doigts sur la lame et referma sa main sur la poignée.

— Elle est jolie.

— Tu veux l'essayer ?

— Oh non ! Mes tentatives maladroites de la soulever vont faire rire tout le monde !

Raven leva les yeux au ciel.

— Oh, je suis sûr que tu peux la soulever ! Tu sous-estimes ta propre force.

Anna jeta un coup d'œil en direction d'Ottar et Helgi.

— Peut-être. Mais je préfère ne pas ruiner la bonne opinion qu'ils se sont faite de moi, pour le moment.

Ils passèrent le reste de la nuit à parler, à apprendre des choses l'un de l'autre. Ils riaient et savouraient chaque instant.

Quand le ciel commença à devenir gris, Raven ramena Anna à la Porte des Étoiles.

En la laissant dans l'anse rocheuse, il avait

l'impression qu'on lui arrachait le cœur. Il dut se forcer à repousser la barque dans l'eau et à partir. Son âme brûlait d'envie d'être avec Anna. Si seulement il pouvait partir avec elle immédiatement, avant même que la ville se réveille ! Mais il ne pouvait pas laisser Olaf et une bonne douzaine de ses hommes ici, à la merci de Po, peu importe la force de sa tentation. Plongeant les rames dans l'eau avec plus de force qu'il était nécessaire, Raven réfléchissait. Il devait prendre une décision.

Anna resta à la Porte des Étoiles et regarda la barque de Raven s'éloigner dans la lumière de la journée naissante. Appuyée contre l'arche en pierre qui gardait désormais leur secret, elle pensait qu'elle venait de passer la meilleure nuit de sa vie. Elle ne voulait pas le laisser partir. Elle aurait tout donné pour ne plus jamais revenir, pour partir avec lui n'importe où, sur son bateau, même au bout du monde.

Po se pencha au-dessus de l'homme endormi. Il l'examina attentivement dans la lumière de sa torche. Il n'y avait aucun doute : c'était Raven.

La chambre était surveillée tout le temps, et les gardes n'allaient pas mentir à leur maître. Raven était arrivé ici le soir même et n'avait pas quitté la chambre depuis. Sur l'ordre de Po, cette nuit, on avait envoyé une femme à ce traître, et le bâtard l'avait volontiers acceptée. La femme dormait blottie contre lui, sa main sur sa poitrine.

Po brûlait de haine et de colère, et Raven allait y goûter pleinement. Mais une chose faisait hésiter le prêtre : comment ce Norrois sauvage pouvait être dans deux endroits différents en même temps ? Les os ne mentaient pas. Selon eux, en ce moment même, Raven était aussi avec Anna. Avait-il réussi à tromper Anna cette même nuit ? Ce serait alors une tournure des événements très intéressante. Po pourrait l'utiliser à son avantage.

Il se frotta le menton. Raven ne pouvait pas être un magicien, mais alors, quelle était sa ruse ? Après tout, le Norrois n'était pas si simple. Mais il ne pouvait vraiment pas se mesurer au magicien le plus puissant du monde. Cet homme avait réussi à toucher la possession la plus précieuse de Po, et le prêtre principal ne connaissait pas le pardon. Désormais, le roi dormant était son prisonnier. Il ne le savait pas encore, et cela pouvait se révéler intéressant de le laisser dans l'ignorance pendant un certain temps.

– *Les faibles seront toujours contrôlables*, pensa Po.

Sa colère était désormais maîtrisée. Après tout, il disposait d'autant de temps qu'il le voulait. Il allait percer le secret de Raven, puis il allait faire souffrir cet homme autant que possible. Po n'avait pas besoin de le torturer immédiatement : Raven était en son pouvoir, et il lui était impossible de s'en échapper.

Le fantôme

De retour chez elle, Anna raconta tout à Nim. Elle prit du plaisir à savourer ses souvenirs. Ensuite, elle alla se coucher, attendant avec impatience la nuit suivante. Cela allait être la nuit de pleine lune, et Nim se préparait pour les rituels sur le poignard de Po.

– Va voir ton capitaine, dit-elle à Anna. Je le ferai seule et je te raconterai tout après. On ne sait pas combien de temps il vous reste.

Anna se réveilla le soir et prit un repas avant de partir à son rendez-vous.

Elle s'installa sous la Porte des Étoiles, son dos appuyé sur les pierres rugueuses, et attendit, revivant dans son esprit chaque instant de leur nuit magique.

Le soleil se coucha et la nuit embrassa lentement tout autour. Mais le bateau de Raven restait immobile.

Anna attendit.

La pleine lune se leva au-dessus de la mer, grande et presque orange. Toujours aucun signe de la barque.

Anna commença à s'inquiéter. Elle ne doutait pas des sentiments de Raven : elle sentait son amour briller au fond d'elle. Apparemment, cela faisait partie de l'ancienne magie liant deux âmes qui avaient été une autrefois. Elle savait que quelque chose l'avait empêché de venir, mais sans en connaître la raison, son angoisse ne faisait que grandir. Les souvenirs vifs de son dernier cauchemar s'y rajoutaient, la rendant malade.

Une marque de chandelle, deux... Toujours rien. Un nuage épais avança lentement sur la lune et en cacha une partie. Le bateau restait immobile, endormi dans la lumière de la lune, tout comme la ville et le château.

À la quatrième marque de chandelle d'attente, Anna remarqua enfin un point noir dans le ciel. Le corbeau !

L'oiseau se posa immédiatement sur le bras d'Anna et la regarda dans les yeux.

Aussitôt, Anna se retrouva au château. Raven était assis sur son lit, habillé. Il ne parla pas. D'un signe de tête à peine perceptible, il lui indiqua les barres d'acier sur la petite fenêtre de sa chambre. Puis il rompit la connexion.

Anna frissonna. Ils le tenaient en otage !

— Il est indemne, mais on le surveille tout le temps, lui dit soudain l'oiseau. Ce fut la première fois qu'il lui parla.

Anna fronça les sourcils.

— Je vais essayer de trouver une solution. S'il te plaît, reste avec Raven et essaie de me prévenir si tu vois quelque chose d'important.

Le corbeau croassa et prit son envol. La pleine lune disparut complètement derrière le nuage.

Anna se mit à faire les cent pas.

— Calme-toi, calme-toi, s'ordonnait-elle. Il lui était difficile de rassembler ses pensées, la panique restait ancrée au fond d'elle, froide et pesante.

Anna s'efforça de revoir ses options. Elle pouvait se rendre sur le bateau et rassembler les hommes de Raven pour le libérer. Mais ils ne seraient qu'un petit groupe contre l'armée de la reine. En plus, Po était un magicien redoutable. Sinon, elle pouvait aller seule au château. Mais ce serait encore plus stupide.

Anna prit une profonde inspiration. Il fallait trouver Nim. Nim avait toujours la tête claire. Elle trouverait sans doute une solution. Mais Nim était occupée avec le rituel. Anna décida de ne pas l'appeler, mais d'aller la voir directement.

Elle appela son cheval, tripotant ses bracelets sous l'emprise du stress. Le bruit des sabots ne tarda pas à lui parvenir.

Anna allait partir lorsque quelque chose attira son attention. Elle regarda la ville. Il y avait du mouvement sur la plage. Des ombres noires se dirigeaient vers les barques par petits groupes.

Les mains d'Anna devinrent moites, sa respiration saccadée. Elle sentit ses poils se hérisser. Un cauchemar se jouait devant elle : ces gens allaient attaquer le bateau de Raven !

Anna s'imagina soudain le visage souriant d'Orm, d'Ottar et de Helgi, et de tous ces hommes qu'elle ne connaissait pas encore, mais qui composaient l'équipage de Raven. Ils étaient ses amis. Et on allait les attaquer. Seraient-ils capables de repousser l'attaque ? Probablement, si personne n'utilisait la magie contre eux.

Anna sentit son estomac se nouer. Le combat juste ne faisait pas partie des habitudes de Po. Pour ce qu'elle en savait, l'équipage de Raven pouvait bien être endormi ou piégé.

Son cœur battant la chamade, Anna regardait les barques partir, impuissante. Elles s'approchaient sans bruit du beau bateau, couvertes par l'obscurité.

Anna se sentit terriblement impuissante. Elle était à plusieurs lieues d'eux ! Il n'y avait pas moyen d'arriver à temps au bateau, et ils étaient trop loin pour entendre ses cris.

Tremblante, elle se mordit la lèvre jusqu'au sang. Son cerveau cherchait désespérément une solution. Elle devait absolument faire quelque chose !

Le goût aigre du sang sur sa langue éveilla soudain un souvenir.

Plusieurs années auparavant, Nim lui avait parlé d'un rituel. Ce rituel demandait du sang. Il était dangereux et difficile, et Anna ne l'avait jamais pratiqué, mais des vies innocentes étaient en péril, et elle ne voyait pas d'alternative.

Anna trouva son couteau et coupa sa paume tremblante. Elle choisit une pierre à la surface plus ou moins plate et dessina un signe magique dessus avec le sang. C'était difficile. Elle n'arrivait pas à calmer sa respiration. Elle persista. Enfin, elle pressa sa main coupée contre la pierre, récitant l'incantation.

D'abord, elle pensa que cela n'avait pas fonctionné. Puis, soudain, le monde se mit à tourner autour d'elle. Il tournait de plus en plus vite et le sentiment de vertige devenait insupportable. Anna ferma très fort les yeux. Elle allait vomir.

Mais le tourbillonnement s'arrêta aussi brusquement qu'il avait commencé. Anna osa ouvrir un œil, puis l'autre. Le monde était devenu noir et blanc.

Ce n'était pourtant pas la seule surprise. Son propre corps gisait, immobile, sur la pierre. Elle se regardait d'à côté. Le rituel avait fonctionné ! C'était étrange : elle sentait tout sauf son corps. Elle pouvait voir et entendre, mais elle était légère et transparente, comme un fantôme.

En attendant, les barques s'approchaient de plus en plus du bateau de Raven. Elles l'entouraient. Elles étaient bien trop près, mais personne ne réagissait sur le bateau.

Anna essaya de bouger et s'éleva dans l'air. Elle ne pouvait ni marcher ni courir, mais la force de son esprit la propulsait facilement vers l'avant. Elle découvrit vite comment cela fonctionnait et vola vers le bateau plus vite qu'un oiseau.

Elle vit son reflet sur le dos des vagues et ne put retenir un rire de joie. Elle était un fantôme à la lueur bleu pâle, portant la même robe que son corps physique. Sans la lueur bleue, elle aurait été invisible. Mais c'était bien d'être visible, car elle devait alerter les hommes. S'ils étaient encore en vie.

Anna arriva au bateau avant les assaillants. Elle s'arrêta au-dessus du pont. Les hommes de Raven étaient couchés par-ci par-là, enveloppés dans leurs capes. Un ronflement résonnait dans l'air. Un homme n'avait pas de cape. Il était différent des autres : sa peau avait une faible lueur blanche. Anna comprit soudain qu'il était mort. Elle regarda tous les hommes les uns après les autres, et trouva une autre personne blanche. Ces hommes avaient probablement monté la garde cette nuit. Et on les avait tués.

Elle n'avait pas de temps à perdre. Il fallait réveiller tout le monde.

Anna voulut secouer l'homme le plus proche, mais ses mains passèrent à travers lui.

Tous ses sens à vif, elle entendait le bruit léger des vagues contre les barques qui s'approchaient, le bruissement des capes des attaquants, leur respiration.

Est-ce qu'ils allaient avoir peur d'elle ? Est-ce que ça suffirait à les arrêter ? Est-ce qu'ils feraient assez de bruit pour réveiller quelqu'un ?

Elle sut le moment où l'un des attaquants la vit. Personne ne cria ; elle entendit juste quelques inspirations brusques et apeurées. L'esprit d'Anna travaillait rapidement. Elle ne pouvait pas les toucher, mais il valait mieux qu'ils ne le sachent pas.

Elle fixa l'homme le plus proche et lui cria de se réveiller. Sa gorge ne produisit aucun son. Du coin de l'œil, elle voyait un assaillant faire des gestes à ses compagnons. Elle paniqua. Non ! Pas maintenant ! Elle ne pouvait pas échouer maintenant ! Elle était allée si loin !

Submergée de désespoir, elle s'adressa mentalement à l'homme endormi, comme elle parlait aux animaux.

À sa grande surprise, l'homme entrouvrit les yeux et lui jeta un regard ensommeillé. Puis ses yeux s'écarquillèrent de peur, et son visage devint blême.

Anna tendit le bras vers les barques et articula « ATTAQUE ! »

Mais le regard pétrifié de l'homme était toujours fixé sur elle.

Si Anna pouvait sentir son corps, elle se serait tortillée d'inquiétude. Les barques étaient déjà à côté du bateau. Une silhouette noire grimpait déjà à bord.

Anna se détourna de l'homme qu'elle venait de

réveiller et se dirigea vers l'intrus. L'homme portait une longue robe noire avec une capuche. Une robe de prêtre. Il croisa le regard d'Anna et écarquilla les yeux, effrayé.

La peur. C'était exactement ce dont Anna avait besoin. Elle tendit les bras vers le prêtre comme si elle s'apprêtait à l'attraper et s'avança vers lui.

L'homme eut un mouvement instinctif de recul. Il perdit l'équilibre. Le temps d'un battement de cœur, il essaya de se rattraper, mais n'y parvint pas, et tomba dans l'eau. Le plouf brisa le silence.

Soulagée, Anna vit les hommes de Raven se réveiller. Ils étaient des guerriers expérimentés, ils étaient prêts à combattre immédiatement.

Les prêtres n'avaient plus besoin de garder le silence. Ils se ruèrent sur le bateau, leurs longs poignards à la main. Le combat commença.

Anna faisait tout ce qu'elle pouvait pour aider. Elle s'avançait sur le pont et tout le monde reculait. Elle était contente tant que cela aidait les hommes de Raven à rester en vie.

Un homme tomba et un prêtre se précipita vers lui, son poignard levé.

Rapide comme l'éclair, Anna se positionna au-dessus de l'homme tombé.

Le prêtre hésita un instant, sa main levée prête à porter le coup.

Anna eut juste le temps de penser qu'il allait lui donner un coup et découvrir qu'elle ne présentait aucun danger quand une épée plongea soudain dans le dos de son assaillant. La pointe de l'épée sortit en dessous de ses côtes et ses yeux roulèrent dans sa tête. Il tomba lentement sur le pont. Anna recula.

Ottar sortit son épée de la chair de son ennemi déchu. L'homme à terre se releva rapidement. Il regarda Anna et hocha la tête. Il avait compris qu'elle était avec eux.

Anna continua sa progression. Les signes d'épuisement ne tardèrent pas à se manifester : sa vue commença à se brouiller et elle avait de plus en plus de mal à rester concentrée. Il fallait retourner à la Porte des Étoiles, où son corps gisait sur la pierre. Mais la bataille n'était pas encore finie. Elle ne pouvait pas encore partir. Repoussant sa fatigue, elle avança vers un autre prêtre.

Soudain, elle l'entendit. Un léger frottement et un sifflement. Le son était trop bas pour les oreilles humaines. Quelqu'un conjurait le feu.

Anna sentit la colère monter en elle. Au moins, la colère lui donna-t-elle un peu de force.

Elle tendit le bras vers la poupe, espérant que quelqu'un verrait son signe, puis s'y précipita. Des taches sombres dansaient devant ses yeux, lui obscurcissant la vue. Elle passa par-dessus bord et vit un prêtre dans sa barque. Dans ses mains, le feu conjuré léchait déjà les planches du bateau.

Anna sentait qu'elle n'avait plus de temps. Rassemblant tout ce qui lui restait comme force, elle se laissa tomber sur l'homme, espérant que son corps de fantôme allait au moins lui faire peur.

La dernière chose qu'elle vit, ou imagina voir, était la flamme qui brûlait juste devant sa poitrine. Ensuite, l'obscurité l'engloutit.

Le lien du sang

Nim était à genoux devant une grande pierre plate au milieu d'une clairière. La pierre avait une cavité ronde de la taille d'une grande assiette, qui était remplie d'eau. La surface de l'eau tremblait légèrement et reflétait la pleine lune. Le poignard et la mèche de cheveux de Melaina étaient posés à côté de la cavité.

Détendue et sereine, comme si elle parlait du temps à un vieil ami, Nim récitait des incantations complexes. Elle prit le poignard et le tourna lentement. Sans arrêter de parler, elle prit un cheveu noir de la mèche et déposa les deux objets dans l'eau.

Lorsque les objets touchèrent le fond de la cavité, l'eau se mit soudain à bouillir et à passer rapidement d'une couleur à l'autre. Cela dura quelques battements de cœur. Nim observait calmement le processus.

Quand la surface redevint enfin lisse, elle n'était plus transparente. Une image nette se forma dessus et les voix résonnèrent dans la nuit, claires comme si elles étaient réelles.

Le regard de la vieille femme s'illumina, curieux. Elle allait découvrir les derniers moments de la vie de Melaina.

Melaina partait, laissant Anna avec Nim. Des larmes amères coulaient sur son visage et les sanglots faisaient trembler ses épaules.

Elle arrêta son cheval à la lisière et y resta un petit moment, s'efforçant de se ressaisir. Elle essuya ses larmes et prit quelques profondes inspirations.

– Reste calme et écoute ton cœur ! se répéta-t-elle les derniers mots de Nim.

D'un geste rapide, elle plaça un sort de protection autour d'elle et de son cheval, puis reprit sa route.

La ville portait les blessures de la révolte : des fenêtres cassées, des taches de sang, des cadavres, des chariots renversés... Quelques bâtiments brûlaient, des gens couraient dans le chaos qui régnait, pleurant leurs morts ou essayant de sauver leurs biens éparpillés.

Melaina fit passer son cheval au galop. Pour la

première fois de sa vie, elle s'obligea à ne pas regarder. Elle n'était là que pour sauver son mari.

Le chemin le plus rapide qui menait au château était obstrué par des cadavres et des barricades de fortune. Melaina dut emprunter les petites ruelles. Cela ralentit considérablement sa progression : lorsqu'elle arriva enfin au château, la nuit était déjà tombée.

Le château en forme d'étoile à sept branches avait été pris par les prêtres et leurs gardes. Mais cela ne pouvait pas l'arrêter. Ses protections en place, elle s'avança à toute allure sur le groupe de gardes, indifférente à leurs épées et flèches.

Les gardes étaient ensorcelés. Ils l'attaquaient aveuglément, sans même se rendre compte de l'inutilité de leurs efforts.

Une fois de plus, Melaina s'obligea à ne pas intervenir.

Un homme imprudent tomba sous les sabots de son cheval et fut probablement tué. Mais elle ne s'arrêta pas et ne répondit pas à leurs attaques. Elle n'avait pas de temps pour cela. Elle fit exploser les portes et se précipita dans la cour.

Les gardes la suivirent, criant et jurant. Melaina se retourna et jeta un sort. Ses poursuivants se heurtèrent au mur invisible, leurs voix étouffées. Ils n'allaient plus poser de problème.

Melaina sauta à terre et courut vers la porte la plus proche. La tour paraissait déserte. Elle fit une incantation pour savoir s'il y avait quelqu'un. Personne. Melaina accéléra le pas.

La tour suivante était déserte aussi. Ses pas résonnaient dans les couloirs vides. Est-ce qu'il était déjà trop tard ? Son cœur battait la chamade.

Dans la troisième tour, quatre prêtres se jetèrent sur elle. Melaina fut obligée de combattre. Fidèle à elle-même, elle ne cherchait pas à tuer. Elle réussit à immobiliser un prêtre et à en attacher ensemble deux autres.

Le quatrième homme était le plus rusé. Il esquivait ses sorts et se cachait. À deux reprises, il aurait pu tuer Melaina, mais il ne le fit pas. Il cassait les meubles et faisait exploser les vases. Il jouait avec Melaina, la retardait.

Melaina comprit très vite sa tactique. Son regard noir de colère, elle chercha une solution.

Une statue vola à côté d'elle et se brisa sur le grand escalier en pierre qui menait vers l'étage inférieur. Les morceaux roulèrent et sautillèrent, le bruit amplifié par l'acoustique du hall.

Melaina quitta sa cachette et courut le long de l'escalier.

Le prêtre jeta un sort. Melaina poussa un cri et s'écroula par terre.

Sa stratégie fonctionna. Le prêtre ne voulait pas la tuer. Il s'approcha et tendit la main hésitante vers ses lèvres pour vérifier si elle respirait.

Rapide comme l'éclair, Melaina lui mordit la main.

Le prêtre cria de douleur et d'étonnement, mais Melaina était prête. Elle attrapa l'homme par le bras et le tira brusquement vers l'escalier.

Le hall amplifia le cri du prêtre lorsqu'il perdit l'équilibre et plongea dans l'escalier la tête la première.

Haletante, Melaina se releva et courut.

La tour centrale était vide, elle aussi. Melaina traversa la salle des fêtes et courut dans les couloirs. L'obscurité y régnait, mais elle ne ralentit pas. Dévalant les marches deux par deux, elle poussa la porte de la tour suivante.

Les voix venaient de l'étage supérieur. C'était la tour où vivait la famille royale. Melaina s'arrêta un instant pour écouter.

Des bruits de pas. Quelqu'un parlait. Un chant.

La main de Melaina serra la poignée de la porte si

fort que les jointures de ses doigts devinrent blanches. Son regard hanté balayait l'espace sans vraiment le voir. Po faisait un rituel dans la chambre de son père.

Soudain, elle leva la main à sa poitrine et chancela. Son visage perdit toute couleur et un soupir étranglé se détacha de ses lèvres :

– Ronen ! Non ! Nooon !

Sa main sur la poitrine comme si l'on venait de la poignarder, elle regagna lentement l'équilibre. Elle fit un pas en avant, mais changea d'avis. Au lieu de faire face aux gardes de Po, elle se mit à descendre à pas chancelants. Elle tremblait, sa respiration était difficile et entrecoupée de sanglots. Une grimace de douleur se figea sur son visage et une peur bleue lui broyait le regard.

Elle courut dans un couloir, puis tourna dans une pièce vide et noire. Elle ne s'arrêta pas pour allumer les bougies. Elle glissa dans la grande cheminée et poussa le mur en pierre. Le mur s'écarta. Melaina entra dans un passage noir et étroit.

Elle monta précipitamment, se cognant péniblement les orteils contre les marches irrégulières. Ses sanglots étouffés trahissaient son agonie.

Le chant devint plus fort et Melaina accéléra le

pas. Sa main heurta la porte de l'autre côté du passage. Elle l'ouvrit d'un coup.

La lumière des chandelles était si forte après la noirceur du passage que Melaina plissa les yeux. Son esprit enregistra l'image malgré tout. Des prêtres en robe blanche se tenaient en cercle autour du lit de son père. Po était parmi eux. Ils chantaient des incantations. Leur chant fit frissonner Melaina.

Elle cligna des yeux. Elle les força à s'ajuster. Sans s'arrêter de chanter, Po la regarda, son regard violet jubilant de triomphe.

Une rage aveuglante surgit en elle, se transformant immédiatement en tornade déchaînée. Melaina voulait que les prêtres s'écartent. Sans aucune incantation, elle bougea le bras et l'air explosa. Rejetés en arrière de quelques pas, les prêtres tombèrent comme des poupées de chiffon.

Son bras toujours levé, Melaina regardait le lit. Elle ne se rendit même pas compte que ses jambes la portaient vers l'avant.

Les mains et les pieds de Ronen étaient attachés au lit. Son visage était figé dans une grimace de douleur, son regard vitreux fixé sur le poignard décoré d'un crâne qui était enfoncé dans sa poitrine.

Melaina s'arrêta devant le corps de Ronen. Elle

semblait paralysée de terreur, comme si son cerveau n'arrivait pas à assimiler ce qu'elle voyait. Elle posa la main sur la poitrine de son mari, son regard horrifié cloué sur son visage.

À sa gauche, Po se releva lentement.

— Tu ne peux plus rien y faire, dit-il. C'est fini. Son âme est morte.

Il fit un pas vers Melaina.

Comme si ses mots l'avaient réveillée d'une transe, Melaina tourna brusquement la tête vers lui et leva le bras.

Le prêtre principal fut projeté contre le mur. Il réussit à monter un bouclier de protection qui lui sauva la vie. Un sourire triomphant tordit ses lèvres.

Melaina plissa les yeux. Sa main bougea encore et Po se retrouva piégé sur place, enfermé dans une prison invisible.

Melaina l'oublia immédiatement et se tourna vers le corps mort de son mari. Sa colère épuisée, elle avait l'air triste et malheureuse. Ses cheveux étaient ébouriffés, sa robe déchirée. Ses épaules retombèrent et des larmes ruisselèrent sur ses joues.

Elle se pencha lentement et déposa un doux baiser affectueux sur les lèvres de Ronen. Il était mort peu de temps avant, ses lèvres étaient encore rouges.

La main de Melaina glissa le long de sa poitrine et se heurta au poignard. Elle s'écarta, clignant rapidement des yeux. Le sang de Ronen était sur ses doigts.

Pendant quelques battements de cœur, Melaina le contempla. Puis elle sanglota et ferma son autre main sur le poignard. Elle tira et l'arme sortit, le sang gouttant de sa pointe.

Melaina attrapa la goutte de sang dans sa paume, puis y posa la lame et coupa. Le sang de Ronen se mêla au sien. Elle écarquilla les yeux. Surprise, elle pencha légèrement la tête, observant quelque chose qu'elle était la seule à voir.

— Ronen, murmura-t-elle et coupa sa paume de nouveau.

Elle plaça sa paume saignante au-dessus de la poitrine de son mari et serra le poing. Le sang coula, gouttant sur la blessure de Ronen.

Melaina eut un petit rire entrecoupé de sanglots.

— Ronen, mon amour, j'arrive ! murmura-t-elle. Je suis là...

Elle se redressa et leva le menton. Un sourire illumina son visage couvert de larmes. Elle prit le poignard à deux mains et, d'un seul coup rapide, le plongea dans son cœur.

Ses yeux s'écarquillèrent sous le choc, et elle chancela. La vie quittait déjà son corps. Dans un ultime effort, elle retira le poignard et s'écroula au-dessus de Ronen, son cœur transpercé au-dessus du sien.

— NOOOOOOON ! hurla Po. Son cri angoissé et désespéré secoua le château.

Mais Melaina ne pouvait plus l'entendre. Un sourire serein courait sur ses lèvres, son regard amoureux rivé sur Ronen.

Lorsque Melaina mourut, son incantation se leva. Libéré, Po se jeta immédiatement vers elle. Il la retourna sur le dos, essayant de la ranimer, pleurant, suppliant et jurant sans cesse.

Mais Melaina était partie, et Ronen aussi. Elle avait réussi à le sauver : la grimace de douleur n'était plus. Un léger sourire illuminait désormais son visage mort.

La vision se termina. Le reflet de la pleine lune tremblait sur la surface de l'eau, la silhouette sombre du poignard brillait au fond de la cavité. Nim restait immobile, perdue dans ses pensées. Elle avait reconnu l'incantation que les prêtres chantaient. Po se trompait. Cette incantation, si les prêtres avaient réussi à la finir proprement, ne pouvait pas détruire une âme. Elle pouvait seulement la piéger entre la vie et la mort. Melaina était intelligente et courageuse. Elle avait utilisé le lien du sang, le phénomène magique qui existait entre deux moitiés d'une âme, pour communiquer avec Ronen et le libérer du sort terrible que Po lui préparait. Elle était heureuse de mourir, car elle était partie avec son bien-aimé.

L'inquiétude naquit au fond de Nim : maintenant qu'elle connaissait l'histoire de Melaina, la prophétie sur le véritable amour d'Anna apparut soudain sous une lumière différente. Nim réprima un frisson, se souvenant du visage de Po déformé par la colère et la douleur. L'homme était fou et dangereux, sans merci. Melaina avait fait ce qu'il détestait le plus : elle l'avait rejeté. Il n'allait pas l'oublier ni lui pardonner.

Maintenant, il pensait certainement que Melaina était revenue en tant qu'Anna. Donc, Anna était en grand danger. Quand Po allait apprendre le rôle de Raven, ce dernier serait en danger aussi. Po avait eu presque vingt ans pour pratiquer et corriger ses erreurs. Il était fort possible qu'il veuille gagner là où il avait perdu la dernière fois. Et s'il avait appris la vraie incantation ? Cette pensée serra le cœur de Nim.

Nim retira le poignard et le cheveu de l'eau avec les mains tremblantes. Se penchant au-dessus de la cavité, elle entonna une nouvelle incantation. Le passé ne l'intéressait plus. Ce qui importait maintenant, c'était le futur, l'avenir d'Anna. Pour le rendre un peu moins insupportable, Nim avait besoin de réponses urgentes.

La demande d'Elena

Raven faisait les cents pas dans sa prison. C'était la même chambre qu'on lui avait donnée depuis le début, avec les mêmes meubles. Il y avait aussi quelques assiettes de nourriture et de l'eau. Cependant, désormais, d'épaisses barres d'acier fermaient la petite fenêtre et un mur invisible étrange le séparait de la porte. Il était toujours étonné de la vitesse avec laquelle ils avaient transformé sa chambre en cellule de prison. Il n'avait jamais eu affaire à la magie auparavant, et il trouva l'expérience agaçante, tordue et injuste. Il se sentait complètement impuissant face à elle et cela l'effrayait. Ne pouvant plus compter sur sa force physique, Raven n'avait plus que son instinct. Mais l'instinct n'était pas très utile non plus, malgré le fait qu'il savait qu'on le surveillait sans cesse.

Depuis le début de sa gouvernance et sa victoire

sur les Étrangers, Raven faisait tout son possible pour maintenir l'unité et la prospérité sur ses terres. Il avait organisé des expéditions pour apprendre et pour renforcer le commerce. Il faisait en sorte que tous les hommes soient entraînés au combat, mais évitait les guerres à tout prix, privilégiant les négociations et les alliances.

Les terres tranquilles et prospères de Raven attiraient les conquérants voisins comme un aimant. Par ailleurs, l'accord de paix avec les Étrangers s'était terminé deux ans plus tôt. Raven savait que les Étrangers se préparaient à l'attaque et n'attendaient que le bon moment pour passer à l'action.

Raven avait quelques petits alliés, mais ce n'était pas suffisant. Il pouvait être imprudent, mais seulement quand il s'agissait de risquer sa propre vie. La vie de ses gens était très importante pour lui. Avant d'entrer en guerre ou au combat, il évaluait attentivement toutes les possibilités. Même si les Vikings croyaient que la mort sur le champ de bataille était la plus glorieuse pour un homme, jusque-là personne ne se plaignait des décisions de Raven. La plupart de ses gens l'aimaient.

Raven voulait éviter la guerre. C'était précisément pour cette raison qu'il était venu voir la reine Elena.

Séparé par la mer, le royaume d'Elena était bien plus grand et beaucoup plus puissant que celui de Raven. Ils n'avaient pas été en guerre depuis un long moment, car tout le monde avait peur de leur énorme armée.

Raven n'était pas dupe pour espérer qu'Elena accepte une alliance : elle n'avait aucun intérêt à aider les royaumes plus petits. Mais le commerce pouvait leur être profitable. Ses terres étaient abondamment recouvertes de forêts dont Raven avait besoin pour construire des bateaux. La flotte était son atout majeur. Ses bateaux étaient plus rapides et plus légers que les bateaux de son ennemi. Raven en avait personnellement eu la preuve à plusieurs occasions.

Leur ennemi était bien au courant de cet avantage. S'il jugeait leur flotte trop puissante, il pourrait se raviser et ne pas attaquer. S'il décidait d'attaquer quand même, Raven aurait une vraie possibilité de gagner.

Raven voulait conclure un accord qui serait avantageux aussi bien pour lui que pour Elena, et, avec un peu de chance, cet accord empêcherait Elena de former des alliances avec les ennemis de Raven.

Il était venu avec des intentions claires et honnêtes. Son plan paraissait facile à réaliser. Cependant, dès qu'il vit cette terre de son bateau, il ne put s'empêcher de penser que tout n'irait pas comme prévu, que ce serait plus difficile. Et leur façon de le saluer ne fit que confirmer son intuition.

Ensuite, Anna apparut et sa vie changea. Quand il l'avait embrassée, il avait compris que le bois et les alliances ne l'intéressaient plus vraiment. Il voulait seulement que tout cela se termine pour pouvoir partir au plus vite avec Anna, car, malgré le calme apparent, il sentait que le danger était proche.

Après avoir laissé Anna à la Porte des Étoiles, Raven retourna au château pour remplacer Olaf. Pour ne pas éveiller de soupçons, il rentra au château déguisé en l'un de ses hommes, avec des cadeaux supplémentaires pour la reine.

Olaf réussit à quitter le château sain et sauf avec deux de leurs hommes. Seulement leur oncle, Sveinn et Orm restèrent avec Raven et l'accompagnèrent au repas de midi d'Elena.

Raven avait l'intention d'en finir au plus vite et de partir, si possible, le soir même. Il voulait retourner à la Porte des Étoiles en pleine nuit pour emmener Anna avec eux. Tel était son plan, si tout se passait comme prévu.

À son grand soulagement, Elena décida enfin de s'occuper des affaires. Avant le repas, elle annonça soudain qu'elle était prête à entendre ce qu'ils avaient à lui dire et ajouta que, même si elle prenait du plaisir en leur compagnie, une bonne reine devait faire passer les intérêts de son peuple en premier.

Raven ne se vexa pas. Il la complimenta pour son dévouement à son peuple et lui dit que c'était sans doute la raison de la gloire et de la prospérité de ses terres. Il ne le pensait pas vraiment : il avait compris que le royaume connaissait une récession lente et qu'Elena n'était qu'une marionnette capricieuse entre les mains de son propre prêtre principal. Aucune des cérémonies qu'ils avaient organisées ne pouvait le tromper. Mais il n'était pas venu pour lui donner des conseils sur sa politique interne. Alors, il se contentait d'observer et de jouer son rôle.

La pièce dans laquelle Elena les amena était spacieuse et bien éclairée. Une longue table en bois se dressait au milieu, entourée de chaises hautes avec des coussins. Po et trois autres prêtres étaient déjà là. Ils attendaient poliment que tout le monde s'installe à table.

Reine Elena prit place au bout de la table. Il n'y avait pas de chaise face à elle. Elle indiqua à Raven les places à sa droite. En attendant, Po et ses prêtres s'assirent à sa gauche.

Raven se trouva en face de Po.

Intéressant, pensa-t-il, *est-ce sa façon de montrer qui commande ici, en vérité ?*

Gardant une expression neutre, il déplaça légèrement sa chaise pour être à moitié tourné vers la reine. Ensuite, il s'appuya contre le dossier et posa les mains devant lui dans un geste ouvert, privé de toute menace. Observant Po du coin de l'œil, il attendit patiemment que la reine commence.

Le prêtre principal avait une expression neutre, lui aussi. Il se laissa aller contre le dossier de sa chaise et plia les bras sur la poitrine.

La communication était un processus complexe dans ce royaume. Raven le savait et était très prudent. Il était déterminé à rester poli malgré toutes les provocations possibles. Il savait qu'il pouvait compter sur ses compagnons pour cela. Aussi, il avait choisi Orm, Sveinn et son oncle exactement parce qu'ils pouvaient, mieux que les autres, ignorer leur orgueil et ne pas intervenir tant que Raven n'en avait pas besoin.

— Roi Raven, commença Elena d'une voix basse et sensuelle, quelle est la raison de votre visite ?

Dites-moi tout, je vous prie, je suis impatiente d'entendre quelles faveurs vous espérer obtenir d'une femme comme moi.

Oh...

Raven avait remarqué que, dans le château d'Elena, tout le monde parlait ainsi. C'était juste une façon de parler ; le plus souvent, ces gens ne cherchaient pas à flirter. Même s'il trouvait cela dégoûtant, il ne le montra pas. Son corps n'allait pas le trahir : ni ses pupilles ni les battements de son cœur ne changeaient – un des avantages de partager son esprit avec un corbeau était de pouvoir lui transférer toutes ses émotions.

Po cachait ses émotions, lui aussi. Toutefois, Raven sentait que le prêtre l'observait très attentivement, comme s'il guettait sa moindre réaction.

– Je ne cherche pas de faveurs, répondit Raven calmement. Je cherche une opportunité avantageuse pour nos deux peuples. Vous avez du vin, du bois et des épices. Nous avons de l'ivoire de morse, des fourrures, des pierres, des métaux, des bijoux et d'autres choses que nous sommes prêts à échanger contre ce que vous avez. D'après ce que j'ai entendu, vous êtes une reine sage et visionnaire. Vous voyez sans doute les avantages que cela représenterait.

Le visage d'Elena afficha de la déception ; ses sourcils roux se froncèrent.

Mis à part ses pommettes, rien en elle ne lui rappelait Anna. Pourtant, Elena était la cousine éloignée d'Anna. Amusé, Raven imagina la tête d'Elena si Anna était entrée maintenant et lui avait expliqué qui elle était. Le fait de penser à Anna lui faisait chaud au cœur. Quelle chance que ses pensées n'eurent aucun impact sur son corps physique ! Cependant, ce n'était pas le moment de penser à elle et à tous les moments délicieux qu'ils avaient partagés. Il devait rester alerte et présent.

– Et pourquoi avez-vous besoin de bois, si je peux me permettre ? intervint soudain Po. Il coupa la parole à Elena qui s'apprêtait à dire quelque chose.

Gardant son calme, Raven se tourna vers Po. Le vrai jeu commençait. Peu importe s'ils acceptaient ou refusaient son offre, Raven voulait que cela se termine au plus vite. Il n'allait pas mentir. Quelque chose lui disait que Po connaissait déjà sa réponse et avait toute une stratégie construite autour d'elle.

– Nous voulons construire des bateaux.

– Donc, Roi Raven augmente sa flotte..., réfléchit à haute voix le prêtre principal, son regard chargé d'allusions.

Raven comprit immédiatement où Po voulait en venir. Qu'il en soit ainsi. Sa seule envie était désormais de partir le plus vite possible. Avec Anna.

Il haussa les épaules.

— Tout à fait. Mon voisin, roi Coenred, prépare une guerre. Je dois être prêt à son attaque.

— Roi Coenred ? Elena cligna des yeux, l'air surprise. Je pensais que son seul objectif était d'aller au sud...

— Peut-être, Roi Raven veut attaquer Roi Coenred en premier, suggéra Po. Après tout, les Norrois sont connus pour leur amour du carnage.

Une fois de plus, Raven ne réagit pas. L'enjeu était bien plus important que son orgueil. En plus, ce n'étaient pas les flatteries et les insultes qui déterminaient la vraie valeur de son peuple. Il ramena brusquement la discussion au sujet qui l'intéressait.

— Alors, qu'en pensez-vous ? Êtes-vous d'accord pour faire du commerce avec mon peuple ?

Raven comprit immédiatement que ce n'était pas la bonne chose à dire : Po écarquilla les yeux.

— Oh ! Vous êtes si impatient ! Pardonnez-moi, Roi Raven, mais cela me fait penser que vous ne nous avez pas tout dit...

Raven resta impassible, alors Po continua :

— Imaginons que nous acceptions votre proposition. Comment est-ce que Reine Elena peut être sûre que vous ne prévoyez pas de l'attaquer ? Pourquoi ne pas nous détruire avec notre propre bois ?

Raven retint un soupir. Cela commençait à lui taper sur les nerfs.

— Mon cher ami, répondit-il calmement, je ne suis pas un conquérant. Je n'ai jamais fait la guerre pour conquérir. Mais je ne laisserai pas qui que ce soit prendre les terres de mon peuple. Reine Elena, pour vous rassurer, je vous propose de conclure un accord de paix.

— Un accord de paix..., répéta Po, l'air pensif.

— Oui. Raven croisa le regard de la reine. Ce sera la garantie que je ne vais pas vous attaquer, si vous doutez du fait que je n'ai aucun intérêt à le faire.

La reine détourna le regard et fit la moue.

Raven ne comprenait pas quel était son problème ; il décida alors de l'ignorer.

— Un accord de paix pourrait être avantageux pour votre peuple aussi bien que pour le mien. Je suis prêt à le conclure avec vous immédiatement, si tel est votre souhait.

Le regard de Po se posa sur Elena. Sa posture ne changea pas, mais Raven sentit sa tension.

Face à lui, Raven était détendu, mais tous ses sens étaient en alerte. Il sentait le danger d'instinct, même si, malgré tous ses efforts, il n'arrivait pas à en trouver la raison.

Pendant qu'il parlait, le regard vide d'Elena était fixé sur ses mains blanches comme le marbre. Mais, ensuite, ses cils tremblèrent, et elle leva sur lui un regard timide.

– J'ai pensé..., commença-t-elle, pathétique, et des taches rouges apparurent lentement sur ses joues blanches. J'espérais que vous soyez plus attentionné que cela, Roi Raven...

Son expression était un mélange de colère et de déception.

– ...Je ne suis qu'une jeune femme, et le destin d'un royaume entier repose sur mes épaules. Je dois porter cette responsabilité toute seule. Vous ne pouvez même pas imaginer combien de fois les hommes ont cherché à me tromper et à me manipuler !

Ah que oui ! Et apparemment ils le réussissent toujours à merveille !

Raven faillit lever le sourcil d'étonnement. Voulait-elle qu'il joue au sauveteur ? Raven était persuadé que les paroles et le comportement d'Elena faisaient partie du plan de Po. Il ne put s'empêcher d'imaginer cette même situation si, à la place d'Elena se trouvait Anna. Anna ne se serait jamais laissée manipuler par le prêtre.

Mais le discours d'Elena n'était pas encore fini. Elle se pencha vers Raven et posa sa main sur son bras, ses mots infusés d'une telle passion que, pendant un instant, Raven crut qu'il pouvait y avoir un brin de vérité :

– Vous semblez être un homme d'honneur. J'ai tant entendu parler de votre force et de votre sagesse. Si l'avenir de votre peuple compte pour vous autant que vous le dites, unissons nos terres par un mariage ! Nous allons former un royaume grand et puissant que personne n'osera attaquer. Vous allez avoir du bois, autant qu'il vous en faut pour construire des bateaux, sans accords stupides. Vous allez avoir mon peuple pour former une armée, et vous allez m'avoir, moi. Je vais chauffer votre lit chaque nuit. Et moi, …

Sa voix trembla légèrement. Elle détourna le regard et finit par un murmure :

– Moi, j'aurai un mari fort et sage qui me protégera et me donnera de beaux enfants.

Raven était surpris. Il s'attendait à tout sauf à ça. Cependant, il garda une expression indéchiffrable et calme, choisissant soigneusement chaque mot de sa réponse.

La main d'Elena se serra sur son bras. Elle croisa son regard de nouveau. Son visage était maintenant tout rouge, ses yeux brillaient d'une flamme maladive, les pupilles anormalement dilatées contre ses iris incolores.

– Je vous aime, Raven, supplia-t-elle, sa voix proche de l'hystérie. J'ai vraiment besoin de vous. Soyez un homme et assumez votre devoir royal !

Raven l'écoutait avec un mélange de pitié et de dégoût. Grâce au corbeau qui gérait toutes ses émotions, Raven parvint à supporter cette main moite sur son bras. Elena paraissait dérangée, folle. Ses yeux n'étaient pas normaux, ses pupilles étant bien plus dilatées que la normale. Était-ce l'effet de la drogue ? La passion quasi hystérique de ses mots contrastait brutalement avec la froideur et l'indifférence qu'elle affichait précédemment. Elle parlait d'amour, mais cela paraissait tordu et effrayant, venant d'elle. C'était difficile d'imaginer Elena aimer quelqu'un, lui inclus. Il savait qu'elle ne ressentait rien pour lui avec la même certitude qu'il sentait l'amour fort et chaud d'Anna au fond de lui.

Soutenant son regard, Raven inclina la tête devant

elle avec respect et répondit d'une voix calme et régulière :

— Merci, Reine Elena. Je vous remercie de tout mon cœur pour ces sentiments que vous éprouvez à mon égard. Je vous remercie pour m'imaginer mieux que je ne le suis. J'admire profondément votre dévouement à votre peuple ainsi que votre force intérieure. Votre proposition est très sage et tentante. Mais je ne veux pas devenir l'un de ces hommes malhonnêtes qui cherchent à vous tromper. Je ne peux pas accepter votre proposition, car je suis déjà marié.

L'étonnement traversa rapidement le visage de Po.

— Mais aucune femme ne vous attend chez vous, commença Po, son regard perçant fixé sur Raven.

Une fois de plus, Raven choisit la vérité.

— C'est vrai. Elle n'est pas encore arrivée dans ma ville, mais elle s'y dirige déjà.

Enfin, Reine Elena comprit ce que Raven venait de lui dire. Son visage se tordit de rage, elle plissa ses yeux incolores avec menace.

— Ah bon ? Dites-moi, je vous prie, qui est-elle ? Est-ce que son royaume est plus grand que le mien ? Je n'ai jamais entendu parler d'une telle personne !

Raven secoua la tête, toujours calme.

– Non. Son royaume est tout petit. Mais je l'ai épousée et je ne peux pas revenir en arrière.

Des larmes de colère remplirent les yeux d'Elena, mais ce n'était pas elle qui préoccupait Raven : en face de lui, le prêtre principal appuya son dos au dossier de la chaise. Son expression était indéchiffrable, mais quelque chose en elle lui fit penser à un léopard qui se préparait à bondir.

Raven ne pouvait pas savoir qu'à partir du moment où il avait prononcé ces derniers mots, son avenir était scellé. Le compte à rebours, irréversible, avait commencé : la prophétie se réalisait. À ce moment précis, une seule personne le savait. Une seule personne qui venait de prendre sa décision. Une seule personne qui ne pouvait même pas imaginer combien de vies cela affecterait, ni le long sentier de douleur et de souffrance que cela laisserait derrière.

– Vous êtes un égoïste stupide ! siffla Elena. Un bon roi doit se sacrifier pour le bien de son peuple, peu importe ce que son cœur désire ! Il n'y a pas de meilleure reine pour vous que moi, vous entendez ?

Content, par-dessus tout, de son lien avec l'oiseau, Raven se souvint de garder son calme. Il inclina respectueusement la tête devant Elena.

— Vous avez absolument raison. Je ne suis qu'un homme commun et faible, un homme qui ne vous mérite pas. Je vous admire beaucoup, Reine Elena, mais j'ai prononcé mon sermon et, malgré ma faiblesse, je ne peux pas le briser.

Ses mots semblèrent agacer Elena encore plus.

— Qu'il en soit ainsi ! cria-t-elle. Il n'y aura pas d'accord entre nous ! À partir de maintenant vous êtes mon ennemi !

Elle se leva d'un bond et sa chaise tomba bruyamment. Elle ne le remarqua pas.

Tous les hommes suivirent son exemple, comme le dictait l'étiquette.

Raven savait qu'il fallait partir. Le bateau était prêt. Son corbeau volait prévenir d'abord Olaf, puis Anna. Il s'inclina encore devant Elena.

— Je suis venu ici la paix dans mon cœur, Reine Elena, et je vous ai dit la vérité. Merci pour votre hospitalité.

Ses compagnons s'inclinèrent, eux aussi, affichant la même expression polie.

Mais Elena poussa un rire hystérique.

— Vous n'allez nulle part, Roi Raven ! C'est moi la reine ici ! Puisque vous êtes mon ennemi, on va vous traiter comme tel !

Raven jeta un coup d'œil à ses hommes. Ils se regroupèrent, prêts à se défendre.

Puis tout se passa si vite qu'ils ne purent rien faire. Po ne fit que bouger la main et les cordes surgirent de nulle part. Se tordant comme des serpents, elles sifflaient et volaient dans tous les sens. En un battement de cœur, Raven, Orm, Örjan et Sveinn étaient ligotés de la tête aux pieds. Ils avaient du mal à respirer, avec leurs épées impuissantes tombées par terre, à côté d'eux.

Po éclata de rire, voyant leurs expressions abasourdies. Son rire était cruel et fou, comme celui d'Elena.

– Vous avez vraiment pensé nous égaler avec vos épées minables ? demanda-t-il, se penchant au-dessus de Raven.

Raven voulut répondre, mais il n'arrivait pas à respirer, sa poitrine trop comprimée par les cordes. Il pouvait seulement regarder Po.

– Vous êtes impuissant et pitoyable face à la magie, Roi Raven. Votre peuple est encore trop primitif pour l'apprendre, roucoula le prêtre principal, cherchant à humilier Raven autant que possible.

Raven fronça les sourcils. Cela ne fit qu'amuser le prêtre principal encore plus.

— Pour vous le prouver, Roi Raven, je vais même vous laisser garder votre épée dans la cellule !

Les prêtres firent flotter les prisonniers dans l'air. Avant qu'ils soient séparés, Raven vit le reflet de sa propre peur dans les yeux de ses amis.

Vieille Nim

Po tint sa parole. Raven fut ramené dans sa chambre, qui resta inchangée, mis à part les épaisses barres en acier qui couvraient désormais la seule fenêtre.

Le prêtre qui l'avait amené là enleva les cordes d'un mouvement de sa main. Raven se leva d'un bond et se jeta sur l'homme, mais heurta douloureusement un mur invisible. Le prêtre restait près de la porte, jubilant, et Raven s'arrêta.

Quand le prêtre est parti, Raven examina soigneusement sa chambre. La barrière invisible se dressait d'un mur à l'autre, du plancher au plafond. Il n'arrivait pas à la casser.

Les barres d'acier sur la fenêtre étaient réelles et solides, elles aussi. Raven passa sa main dessus, n'arrivant pas à croire qu'elles avaient pu apparaître à la suite d'un léger mouvement de main. Il pouvait toujours voir les jardins du château. Ils paraissaient déserts, même si Raven avait le sentiment d'être surveillé.

Il chercha les murs et fouilla chaque pierre du plancher, mais il n'y avait pas moyen de sortir.

Le soleil se coucha et un prêtre lui apporta à boire et à manger. Il fit flotter le plateau dans l'air vers Raven, restant à une certaine distance.

Raven ne bougea pas. Il regarda le plateau flotter à travers la barrière invisible et atterrir sur la table. Il essaya de comprendre comment cela fonctionnait. Il força son cerveau pour se remémorer tout ce qu'il avait entendu sur la magie. Il aurait dû demander à Anna de lui en dire plus. Et si le prêtre devait baisser la barrière invisible pour faire passer le plateau ? Non, cela aurait été risqué pour lui, car il se serait retrouvé à découvert pendant un moment. Cependant, cela représentait toujours une possibilité, et Raven devait la tester. La prochaine fois, alors.

Sans lui adresser la parole, le prêtre s'en alla.

Raven ne toucha pas à la nourriture. Il ne faisait confiance à personne. Bien sûr, ils avaient eu plusieurs occasions de le tuer, même sans utiliser l'eau et la nourriture, mais ils pouvaient y ajouter quelque chose pour le rendre plus faible ou pour le droguer.

Raven n'avait plus que sa force physique contre Po, et il allait au moins garder cela.

Il pensait sans cesse à sa situation catastrophique. Il ne voyait pas comment s'évader. Son intuition et son oiseau restaient ses seuls alliés. Il ne savait pas si les prêtres avaient découvert son lien avec le corbeau, donc il décida de ne pas prendre de risques. La nuit, il contacta Anna et Olaf, puis jeta un coup d'œil rapide sur la tour dans laquelle étaient Orm, Örjan et Sveinn, avant de fermer son esprit.

Po vint le voir le matin suivant avec un autre prêtre. Il lui demanda s'il avait changé d'avis. Pour toute réponse, Raven lui rit au nez. Il pouvait dire que Po ne l'apprécia pas, mais il s'en alla sans rien dire de plus.

La journée s'écoula ainsi. Rien ne se passait, le temps avançait trop lentement. Raven avait faim et soif, et sa propre impuissance l'agaçait de plus en plus.

Il se sentait fatigué, mais repoussait le sommeil. Il était dangereux de dormir, surtout quand il était surveillé. Raven était un guerrier expérimenté. Il pouvait passer quelques jours sans manger ni boire. Il fit les cent pas dans la chambre, réfléchissant à une solution. De temps en temps, il vérifiait la barrière magique et les barres sur la fenêtre, mais elles restaient en place, réduisant à zéro ses chances de s'échapper.

La nuit tomba, mais rien ne changea. Fatigué et agacé, Raven s'assit sur son lit. Il ne remarqua pas une main qui déposa un petit bol de potion sur sa fenêtre. Une odeur fine et à peine perceptible pénétra dans la chambre, et, avant qu'il puisse s'en rendre compte, Raven s'assoupit.

Ce fut son instinct qui le réveilla. Un silence complet régnait autour de lui. Les yeux fermés, il sentit qu'il n'était plus seul. Raven se reprocha intérieurement d'avoir cédé au sommeil et entrouvrit un œil.

Une petite femme aux cheveux dorés se tenait devant lui. Elle ressemblait à une fée ou à une créature mystique plus qu'à une humaine. Elle l'observait, pensive, sa tête légèrement inclinée.

Raven pensa d'abord qu'il était en train de rêver ou qu'il s'agissait d'une hallucination. Il secoua la tête et cligna des yeux. Mais la vision ne disparut pas. La femme était vraiment là. Il la reconnut malgré l'effet assommant de la potion sur son esprit.

– Nim ? Comment êtes-vous entrée ?

Un sourire apparut sur les lèvres de la femme et ses yeux bleus étincelèrent.

— Alors, Anna t'a parlé de moi...

Raven sourit et haussa les épaules.

— Vous êtes la personne la plus proche d'elle.

L'amour se lisait dans les yeux de Nim.

— Tu es aussi beau que dans ses descriptions, annonça-t-elle, puis elle continua plus vite, le temps nous est compté. Lève-toi, guerrier, et prends tes affaires. Nous partons.

Raven se leva immédiatement. Il avait le vertige.

Comme si elle savait exactement comment il se sentait, Nim lui tendit une gourde :

— Ça te permettra de te sentir mieux.

Raven prit la gourde. Elle sentait l'infusion. Raven n'était pas sûr s'il aimait bien Nim, mais elle appartenait à la famille d'Anna, il décida donc de lui faire confiance. Il avala une bonne gorgée. Le goût n'était pas mauvais et l'effet fut immédiat, comme si le brouillard se levait de sa tête.

— Garde la gourde. On y va.

Nim se tourna vers la porte. La barrière invisible n'était plus.

— Mes hommes sont détenus dans la tour opposée, lui chuchota Raven. Je veux les libérer.

La femme fée leva la tête pour le regarder. Elle atteignait à peine sa ceinture.

— Une raison de plus pour se presser.

Nim poussa la porte et ils se retrouvèrent dans le passage obscur, où, deux jours plus tôt, il avait attrapé Anna.

Alertes et attentifs, ils s'avancèrent dans la nuit. Nim se mit à courir et Raven la suivit.

— Je pense qu'on me surveillait dans la chambre, lui dit-il.

Sans s'arrêter, la petite femme hocha la tête :

— Tu as raison.

Elle courait sans bruit, légère et gracieuse. Lui indiquant le chemin vers la tour où ses hommes étaient retenus captifs, Raven ne put s'empêcher de demander :

— Nim, est-ce que vous faites partie de...

Elle ne le laissa pas finir :

— Nous n'avons pas de temps pour cela.

Örjan, Orm et Sveinn étaient enfermés dans une vraie cellule de prison sous la terre, munie d'une fenêtre minuscule tout en haut, au niveau du sol. Ils étaient installés beaucoup moins confortablement que leur roi.

— Dis-leur de s'écarter du mur, chuchota Nim en indiquant d'un geste impatient la petite fenêtre.

Raven n'aimait pas qu'on lui donne des ordres.

Mais Nim venait de le libérer, et Anna l'aimait. En plus, Nim était bien plus âgée. Donc, il ravala son irritation et s'accroupit devant la fenêtre de la prison pour transmettre la demande de Nim à ses hommes.

— Maintenant, écarte-toi, ordonna Nim.

Raven n'eut même pas le temps de se relever. Nim leva la main et le mur entier disparut. Aucun bruit, aucun son, aucun autre mouvement. Son visage n'avait même pas bougé. Un trou noir était désormais là où le mur se trouvait un instant plus tôt.

La femme contempla son travail avec une satisfaction silencieuse et baissa la main.

— Ils peuvent sortir maintenant.

Orm, Sveinn et Örjan s'exécutèrent, jetant des regards remplis de peur et d'admiration à la femme fée.

Nim indiqua la partie frontale du château.

— Prenez les chevaux et partez sans faire de bruit. J'ai ouvert la porte principale pour vous.

Puis, elle se tourna vers Raven :

— Va chercher Anna. Fuyez. Aussi loin que possible. Vite !

— Où est Anna ?

Nim fronça les sourcils.

— Je n'ai pas le temps de la chercher. Est-ce qu'elle sait que tu étais en prison ?

Raven acquiesça, tout espoir.

— Tôt ou tard, elle viendra me chercher, conclut la femme fée. Va jusqu'à la forêt, laisse ton cheval à la lisière…

Elle sortit une aiguille de pin et la lui tendit.

— Pose ça sur ta paume et tu sauras la direction.

Raven s'inclina devant Nim.

— Merci pour votre aide, Nim. Je ne l'oublierai jamais.

Nim agita la main d'un geste dédaigneux.

— Ne me remercie pas, guerrier. Je t'aurais tué pour me voler Anna, mais cela ne lui ferait que du mal. Va, et dis à Anna de ne pas s'inquiéter pour moi !

Elle tourna les talons et se précipita vers le château.

Raven hocha la tête. Ce n'était pas particulièrement agréable à entendre, mais l'honnêteté de ses paroles perçantes le poussa à la respecter encore plus.

Il courut dans la direction opposée.

Anna se réveilla en sursaut. Elle était couchée sur la surface froide et dure d'une pierre. Son corps était lourd et douloureux.

Le soleil avait déjà disparu derrière l'horizon. La journée s'estompait.

Anna se releva avec peine. Le moindre mouvement lui faisait mal, sa tête semblait vouloir exploser. Elle se remémora les derniers événements et se pencha pour regarder le bateau.

Il n'était pas là.

Anna se frotta les yeux.

Rien ne changea. Le bateau avait disparu. La plage était vide et immobile, la mer avait cette mystérieuse couleur foncée que l'on peut voir seulement avant la tombée de la nuit.

La tête lui tournait, elle se sentait affaiblie. Elle s'appuya sur l'arche et ferma les yeux. Que s'était-il passé ? Combien de temps était-elle restée inconsciente ? L'image de Raven détenu au château tournait dans sa tête.

Anna se força à ouvrir les yeux et regarda autour d'elle. Elle espérait contre toute attente voir le corbeau quelque part, mais seules les mouettes planaient au-dessus d'elle, remplissant l'air de leurs cris perçants. Elle poussa un lourd soupir.

Le signe magique qu'elle avait dessiné avec son sang était toujours visible sur la pierre. Le sang, sec, était marron. La main d'Anna en était couverte aussi. Donc, le combat sur le bateau avait bel et bien eu lieu. Mais alors, où était le bateau ?

Les questions pulsaient péniblement dans sa tête, mais elle n'avait plus de force pour accomplir quoi que ce soit.

Heureusement, son cheval n'était pas loin. L'animal intelligent attendit patiemment que sa maîtresse monte, puis trotta doucement vers la cabane pour éviter de causer encore plus de douleur à Anna.

Anna posa sa tête engourdie sur le cou chaud du cheval. Nim avait raison de lui déconseiller ces incantations. Mais Nim avait toujours raison. Fatiguée même de penser, Anna ferma les yeux, se confiant complètement à l'animal. Elle s'assoupit rapidement.

Le hennissement doux de son cheval la réveilla. Elle était arrivée.

Il faisait déjà nuit. Gémissant, Anna se força à glisser de la selle. Sa main heurta sa gourde d'eau accrochée à la selle. Elle la sortit et but. L'eau fraîche était comme un élixir de vie. La douleur dans sa tête se calma un peu, et Anna se sentit mieux.

Elle se dirigea vers la maison d'un pas chancelant et poussa la porte.

Il faisait noir à l'intérieur, mais elle entra, trop épuisée pour vérifier s'il y avait des intrus.

Des bras forts se refermèrent immédiatement autour d'elle. Anna poussa un petit cri et perdit l'équilibre, tombant sur la poitrine musclée qu'elle connaissait si bien.

— Anna !

Cette voix qui lui était si chère la fit frissonner. Elle cacha son visage sur sa poitrine, se remplissant les poumons de son odeur.

— Raven ! murmura-t-elle. Raven !

— Nim nous a libérés, expliqua-t-il et alluma une bougie tout en gardant un bras autour des épaules d'Anna. Elle dit que nous devons fuir. Elle te demande de ne pas s'inquiéter pour elle.

Anna le regarda. Il était sérieux et concentré, comme s'il se préparait au combat. Puis il remarqua les traces de sang sur ses joues, et l'inquiétude surgit dans ses yeux.

— Tu es blessée ?

Anna secoua la tête et lui parla rapidement du bateau.

— Je suis vraiment désolée ! J'ai perdu connaissance avant que le combat soit terminé. Je ne sais pas…

Raven déposa un baiser sur son front.

– Ne t'inquiète pas, chuchota-t-il. Ils vont bien. Le bateau peut naviguer et nous attend déjà.

Anna poussa un soupir de soulagement, trop contente que le bateau et son équipage aient réussi à s'échapper. Elle était si bien dans les bras de Raven qu'elle ne voulait plus bouger.

Prenant le visage d'Anna entre ses mains, Raven la regarda droit dans les yeux.

– Anna, veux-tu partir avec moi ?

Elle n'avait pas besoin de réfléchir. Elle ne s'arrêta même pas pour inspirer. La réponse lui avait paru évidente dès le moment où leurs regards s'étaient croisés la première fois :

– Je te suivrai jusqu'au bout du monde et au-delà.

Il lui adressa ce sourire qu'elle aimait tant, ses yeux émeraude illuminés par l'amour.

Ils partirent ensemble. Le cheval d'Anna les attendait. Ils montèrent et quittèrent la cabane forestière que l'un d'entre eux n'allait plus jamais revoir.

Quand la force se transforme en faiblesse

Ils se dirigèrent vers la Porte des Étoiles. Une barque devait les attendre là-bas pour les amener au bateau. Le cheval avançait au galop.

Raven raconta à Anna tout ce qui s'était passé au château.

L'obscurité les enveloppait. De gros nuages cachaient les étoiles et l'air était immobile, chargé et menaçant, comme avant une tempête. Le bruit des sabots paraissait trop fort dans le silence qui les entourait. Personne ne les poursuivait, mais Raven avait le sentiment désagréable qu'ils étaient surveillés. Il ne le dit pas à Anna, car il ne voulait pas l'inquiéter. Ils devaient essayer. L'enjeu était plus important que jamais. Ils savaient tous les deux que vivre l'un sans l'autre serait une torture insupportable, car ils savaient maintenant ce que c'était que de partager une âme.

Se précipitant vers leur destinée, ils s'accrochaient l'un à l'autre, comme deux enfants au milieu de la forêt noire. Ils sentaient le danger qui les guettait. Se préparant à lui faire face, ils savouraient le toucher et la présence l'un de l'autre. C'était comme respirer – trop bien et jamais assez –, et ils s'en réjouissaient, sachant que chaque soupir pouvait être le dernier.

Le trajet leur parut trop court et trop long en même temps. Quand Raven finit son histoire, ils se turent. Se serrant l'un contre l'autre, ils scrutaient attentivement les alentours, attentifs au moindre signe suspect.

Le bruit des sabots, leurs respirations et les battements de leurs cœurs étaient les seuls sons dans le silence qui les entourait. On n'entendait aucun animal, aucun oiseau. Le monde paraissait figé dans une anticipation anxieuse.

Enfin, la Porte des Étoiles apparut devant eux. L'ancienne arche était sombre et muette, sa silhouette indistincte dans la noirceur de la nuit. En bas, quelqu'un les attendait dans une petite barque qui flottait sur l'eau noire. La personne était immobile. Trop immobile.

Leur appréhension augmenta. Quelque chose de sinistre flottait dans l'air, froid et noir, et enveloppait tout comme un brouillard poisseux.

Leur cheval tressaillit et s'arrêta.

Les nerfs à vif, Anna et Raven scrutaient les alentours. Rien ne bougeait. Anna jeta un sort pour détecter une présence humaine, mais il n'en révéla aucune.

Raven croisa son regard. Il était décidé. Anna sentit son amour pour lui la submerger. Elle se leva et posa ses lèvres sur les siennes.

Étonné, il cligna des yeux et lui sourit avant d'inciter le cheval à avancer. L'animal frissonna de tout son corps, ses oreilles pressées contre sa tête, mais Raven insista et il obéit, se lançant vers l'eau comme si la mort était à ses trousses.

Un danger inconnu rôdait dans l'obscurité. Ils le sentaient instinctivement, mais ne pouvaient pas le voir. La peur et l'anticipation anxieuse leur chatouillaient désagréablement les nerfs et leur nouaient l'estomac.

Le cheval s'arrêta devant l'eau. Rien ne se passa.

Les cavaliers scrutaient les ténèbres. Les rochers se dressaient immobiles de tous les côtés. Dans le noir, ils ressemblaient à des créatures monstrueuses aux yeux comme des trous. La silhouette dans la barque ne bougeait pas non plus.

Anna prit la main de Raven et descendit. Le silence noir autour d'eux était si épais que leur respiration paraissait trop forte. Anna sentit un frisson la parcourir. Sans lâcher la main de Raven, elle se tourna, le dos contre le cheval et continua de regarder autour d'elle.

Rien ne bougeait.

Anna avait un mauvais pressentiment qui ne faisait que croître. Elle sentit ses poils se hérisser, et son cœur battait la chamade.

Raven bougea, s'apprêtant à descendre de cheval. Le lacet familier frôla les doigts d'Anna. Elle reconnut immédiatement le bracelet avec son signe magique.

Ce fut un mélange de panique et d'intuition qui la fit agir ainsi. Elle prit la main de Raven, son signe magique entre leurs deux paumes, et jeta un sort de protection. Elle prononçait le dernier son quand les pieds de Raven touchèrent le sol et l'air explosa autour d'eux.

Des flashs rouges les aveuglèrent. Le cheval hennit et tomba mort.

Anna poussa un cri et attrapa la main de Raven

des deux mains. Elle voulait qu'il reste le plus près possible.

Mais sa peur était vaine : le sort de protection fonctionnait parfaitement. Ils étaient tous les deux couverts. Comme un mur invisible, leur bouclier de protection se dressait autour d'eux. Les sorts meurtriers se transformaient en étincelles rouges quand ils se heurtaient contre lui.

La personne dans la barque se mit à ramer.

– Quoi qu'il arrive, ne lâche surtout pas ma main ! chuchota Anna.

Elle regardait le rameur. Elle savait déjà qui c'était.

Raven savait qu'il devait rester près d'elle. De la même façon qu'elle voulait le protéger, lui était déterminé à la protéger, peu en importait le prix. Il ajusta sa prise sur la main d'Anna et se tourna, son dos contre le sien, son épée à la main.

Les hommes en noir sortaient des rochers, leurs visages cachés par des capuches. Ils resserraient leur cercle, enfermant Raven et Anna au milieu. Ils se rassemblaient autour comme une bande de chacals, n'osant pas trop s'approcher. Raven en compta trente-deux, tous armés de longs poignards et de boucliers. Les prêtres.

Pendant ce temps-là, la barque arriva. Le rameur descendit à terre.

— Voyons voir…, commença-t-il en enlevant sa capuche. Sa tête rasée paraissait encore plus blanche dans l'obscurité. L'utilisation de la magie est interdite sous peine de mort.

La voix de Po était neutre. Ses yeux violets jubilaient.

Anna ne bougea pas. Elle le dévisageait, et les étincelles rouges se reflétaient dans ses yeux. La chaleur du dos de Raven contre le sien était rassurante. Elle se sentait calme et prête à lutter pour son amour et son bonheur.

— Alors, c'est elle votre nouvelle épouse, Roi Raven ? Po secoua la tête, incrédule, comme un professeur qui faisait la morale à des étudiants désobéissants. Vous me décevez ! Tomber sous le charme d'une pauvre petite sorcière et oublier le bien-être de son peuple ! Je vous croyais plus fort et plus sage !

Raven gloussa.

— Apparemment, je ne suis pas le seul à être aussi stupide et faible ici : vous êtes amoureux d'Anna aussi, mais sans succès. Quant à mon peuple, il sera bien mieux sans votre intervention.

Po rougit légèrement et Anna écarquilla les yeux, surprise. Elle avait beaucoup de mal à imaginer Po amoureux.

Les prêtres échangèrent des regards curieux. Cela ne fit qu'accroître la colère de Po.

— Enlève ta protection, sorcière ! ordonna-t-il froidement. Je vous arrête tous les deux.

Anna ne réagit pas. Elle serra la main de Raven encore plus, désirant pouvoir pénétrer sous sa peau pour mieux le protéger. Il lui serra les doigts d'un geste rassurant et elle imagina son sourire quand elle lui avait dit qu'elle allait le suivre jusqu'au bout du monde. Ils étaient ensemble et c'était ce qui comptait. Elle sourit.

— J'ai dit : enlève ta protection ! répéta Po, agacé par son sourire.

— Pourquoi vais-je t'écouter ? Tu as tué toute ma famille ! répondit-elle, sa voix claire et dédaigneuse.

Po leva un sourcil, un sourire sarcastique tordant ses lèvres.

— Pour ton information, ils méritaient bien plus que ce qu'ils ont eu. Mais sois assurée, j'ai appris de mes erreurs. Je me demande seulement comment tu as appris cela.

Son regard perçant cherchait sur le visage d'Anna

la confirmation des choses qu'il savait déjà.

Anna haussa les épaules, se sentant intrépide :

— De la même façon que tu me l'as caché.

Po hocha la tête, amusé.

— J'aime te parler. Ton caractère me donne l'envie de renouveler l'expérience…

Puis son visage redevint sérieux et il ajouta froidement :

— Enlève ta protection ou je vais te forcer à le faire.

Anna secoua la tête.

Po eut un rire glacial.

— Ta résistance est stupide, l'informa-t-il. Tu sais que je suis bien plus fort et expérimenté.

Anna sentit sa haine envers Po monter en flèche.

— Essaie, grommela-t-elle entre ses dents.

Elle eut l'impression que Po écarquillait les yeux, mais son visage redevint impassible si vite que cela pouvait être un jeu de lumière.

Po la fixa sans ciller, comme s'il essayait de l'hypnotiser.

— Tu sais qu'un combat avec moi serait très dangereux pour toi, n'est-ce pas ? expliqua-t-il lentement. Seulement, quelques marques de chandelle plus tôt, tu as utilisé une incantation très épuisante.

J'ai entendu parler d'un fantôme étrange qui a sauvé le bateau de Roi Raven, j'ai trouvé le sang sur une pierre là-haut. Ton sang. Tu te souviens ? Eh bien, ce fut la plus grande de tes erreurs : tu as sauvé le bateau au prix de toute ton énergie. Tu as sauvé le bateau pour perdre son capitaine.

Po secoua la tête, la pitié dans son regard.

– Trop faible, trop jeune, trop impulsive ! Quel gâchis !

Anna savait qu'il avait raison. Elle était toujours affaiblie après cette incantation. Elle ne pourrait pas résister longtemps dans un combat, mais elle était décidée à combattre jusqu'à son dernier soupir.

Pour l'encourager, Raven serra légèrement sa main et chuchota :

– Anna, je suis avec toi.

Anna adressa un sourire dédaigneux à Po.

– Tu ne comprends pas. Le bateau est la salvation.

Elle ne savait pas d'où lui venait cette idée. Elle sentait juste que c'était la chose à dire. Le résultat ne se fit pas attendre, et la colère s'enflamma dans les yeux de Po.

– Comme tu veux ! lança-t-il brusquement et son sort s'abattit sur le bouclier de protection d'Anna.

Po était un ennemi très fort et rusé. Pendant que ses prêtres attaquaient son bouclier de protection pour l'affaiblir davantage, il l'attaqua mentalement, essayant de pénétrer son esprit et de la forcer à lui obéir.

Anna cria quand la douleur transperça soudain sa tête. Po fouillait sa mémoire. Elle ne résistait pas. Elle focalisait tous ses efforts pour maintenir sa protection en place. Si elle lâchait, ce serait l'échec pour elle et pour Raven.

Raven cria son nom, mais sa voix venait de loin, étouffée par la douleur atroce. Elle le sentit écarter sa main de la sienne. Elle résistait, mais il insista. Un objet froid glissa entre leurs paumes. Anna le sentit tourner et séparer leurs mains encore plus. Elle resserra les doigts. Elle ne devait surtout pas lâcher sa main. L'objet froid disparut et la main de Raven serra la sienne de nouveau. C'était ce qu'il lui fallait. Anna serra sa main de toutes ses forces, luttant contre la douleur dans sa tête.

Soudain, la douleur disparut. Son esprit était libre de nouveau. Haletante, Anna se prépara à l'attaque suivante. Elle cligna des yeux et sa vision s'éclaircit instantanément. Elle devait essayer de deviner le prochain pas de Po.

Devant elle, Po fronçait les sourcils, fâché et incrédule. Il ne s'était pas arrêté. Pour une raison inconnue, son sort ne fonctionnait plus.

Ensuite la voix de Raven sonna dans sa tête.

— *Anna, c'est moi. Ne résiste pas, s'il te plaît !*

Anna eut le souffle coupé. Comment était-ce possible ?

— *Je ne sais pas. Je voulais seulement t'aider*, répondit la voix de Raven.

— *Tu entends mes pensées !* Anna était enchantée.

— *Oui. Prends ma force.*

La main de Raven serra la sienne et Anna baissa le regard. Le sang suintait de leurs doigts entrelacés.

— *Tu as coupé nos paumes ! Le lien du sang !*

Elle ne put pas se retenir, un rire de joie s'échappa de sa poitrine. Émerveillée, elle se laissa emporter par ce lien magique. Ils n'avaient jamais été aussi proches. Ils pouvaient partager leurs émotions, et même voir à travers les yeux de l'autre ! Accablée de bonheur, Anna souhaitait rester ainsi pour toujours, deux en un et un en deux.

Po plissa les yeux et attaqua de nouveau. Anna le vit venir. Elle savait qu'elle n'aurait aucune difficulté à résister. Quand le sort de Po se heurta contre son bouclier de protection, ce dernier s'illumina soudain, formant un cercle de lumière dorée autour d'Anna et de Raven.

— *Nous brillons !* pensa Anna, excitée. *Comment as-tu fais cela ?*

— *Notre magie à nous ?* suggéra Raven, un sourire heureux sur ses lèvres.

Autour d'eux, les prêtres s'arrêtèrent, étonnés. Personne n'avait jamais vu une chose pareille.

Une grimace de rage tordit le visage rasé de Po. Il ordonna à ses prêtres de continuer, et les attaques reprirent, plus fortes qu'avant. Un torrent de sorts meurtriers se déversa sur le bouclier d'Anna et de Raven de tous les côtés.

Le cercle lumineux résista aux attaques. Anna et Raven restaient sains et saufs au milieu. Cependant, ils savaient que cela ne pouvait pas durer éternellement. Ils étudièrent leurs options ensemble.

Un sourire fou illumina soudain le visage de Po. Il chuchota quelque chose au prêtre le plus proche qui partit aussitôt dans la nuit.

Anna et Raven savaient que cela n'annonçait que du malheur. Po n'allait pas les laisser partir.

— Ensemble, chuchota Raven.

— Dans la vie et dans la mort, répondit Anna, qui se tourna vers lui.

Main dans la main, l'un à côté de l'autre, ils prirent une dernière profonde inspiration. Raven leva son épée, prêt à tout finir d'un seul coup puissant.

Ensuite, tout se passa très vite. Le prêtre apparut, une cage à la main. Le corbeau noir y était enfermé. Le prêtre cria une incantation. Le croassement perçant, rempli de douleur brisa la nuit en mille morceaux. L'épée de Raven étincela dans la lumière dorée et la pire des douleurs les transperça tous les deux. Le cri silencieux d'Anna se mélangea avec celui de Raven, elle sentit l'épée lui gratter le cou, et puis elle tomba, tomba dans l'obscurité béante. Elle tombait trop vite, molle et essoufflée. La main de Raven lui glissait des doigts. Elle s'efforçait de la rattraper, mais tout son corps n'était plus que douleur torride et déchirante. Ses doigts se resserrèrent sur le vide et, pour la toute dernière fois, elle entendit la voix de Raven dans sa tête :

— Je t'aime !

Épilogue

Le sort fonctionna très bien sur l'oiseau : le cercle lumineux céda et Po réussit à repousser Raven d'Anna juste à temps pour la sauver de son épée. Incroyable ! Le bâtard norrois s'était imaginé qu'il pouvait non seulement voler, mais aussi tuer *sa* femme ! *La* femme de Po, sa récompense et possession qui lui revenait de droit ! Le prêtre principal s'approcha de leurs corps inconscients à grandes enjambées et donna un coup de pied à Raven.

Raven ne gémit pas. Son visage affichait une douleur intense, tout comme le visage d'Anna. Le cœur de Po se remplit de satisfaction. Ils méritaient la douleur, beaucoup de douleur : le plus serait le mieux. Po conjura les cordes pour les attacher et se promit solennellement de leur infliger toute la douleur qu'ils méritaient.

— Mettez-les dans des cellules séparées, qu'ils

soient seuls et aussi loin l'un de l'autre que possible, ordonna-t-il.

Est-ce que c'était son imagination, ou est-ce que ses serviteurs échangèrent des regards avant de transporter les prisonniers ? Il décida de voir cela plus tard.

Un jeune prêtre les attendait aux portes du château.

— Votre Altesse, s'inclina-t-il, nous avons attrapé un intrus dans votre chambre.

Po oublia immédiatement ses prisonniers et suivit le jeune homme. Sept serviteurs fidèles l'attendaient dans sa chambre. Ils gardaient l'intrus qu'ils avaient attrapé juste avant l'arrivée de Po.

Po leva un sourcil, étonné, lorsque son regard tomba sur le corps inerte qui gisait à ses pieds. Il reconnut immédiatement la petite femme aux cheveux dorés.

— Elle a essayé de voler ça, un prêtre indiqua le grand rubis, l'une des possessions adorées de Po. Elle a paniqué et n'a même pas résisté quand nous l'avons assommée.

— *Bien sûr*, se dit Po, suffisant. *Elle n'était pas capable de neutraliser tous mes sorts de protection. Donc, mes gardes ont été informés de sa présence. Qu'est-ce que c'est bête de sa part, surtout qu'elle n'est pas très jeune !* Une grimace de dédain tordit son visage. Il poussa le corps immobile de la femme avec le bout de sa chaussure.

– Que voulez-vous qu'on fasse d'elle, Votre Altesse ?

– Mettez-la en prison et faites en sorte qu'elle ne s'échappe pas. Je veux savoir quand elle se réveillera. Nous avons plein de choses à nous dire.

Le prêtre s'inclina avec respect et fit flotter le corps de Nim dans l'air devant lui.

Po les regarda partir. Quand la porte se referma derrière le dernier prêtre, Po s'approcha de la table et prit le rubis. Il sourit en découvrant que la femme n'avait fait que toucher la pierre, sans magie.

Caressant la surface froide de la pierre mystérieuse, le prêtre principal complaisait dans sa satisfaction. Sa première victoire était revigorante. Le monde entier reprit soudain ses couleurs et se remplit de possibilités fascinantes. La vie était redevenue attractive. Enfin, après tant d'années !

– La chance est avec moi, chuchota Po au rubis, comme si la pierre était vivante. Anna, son homme et même sa protectrice ! Je les ai tous ! Vivants !

En plus

Cher lecteur, chère lectrice,

Merci mille fois de me lire ! Sans vous ce livre n'aurait pas existé. Je vous adore !!!

La sortie du prochain livre se prépare déjà – pour en être informé, inscrivez-vous à Ma Magie ! Cette lettre web contient des mises à jour et de choses que je trouve intéressantes. Elle est envoyée à peu près deux fois par mois.

Votre cadeau de bienvenu – le e-livre d'énigmes ***L'Enfant Corbeau – La Chasse au Trésor*** – vous sera alors envoyé gratuitement :

https://bit.ly/quest-ct

Si vous souhaitez plonger encore plus dans l'univers de Raven, d'Anna, et de tous les autres personnages, mon site web est là pour ça ;-) Il y a toute une section dédiée à L'Enfant Corbeau ! Vous y trouverez des informations sur mes recherches, des histoires en plus et même des cadeaux gratuits :

https://bit.ly/enfant-corbeau

Enfin, si vous n'avez pas encore lu ***L'Enfant Corbeau***, vous pouvez l'acheter ici :

https://amzn.to/3Akc1Ly

A très bientôt !

Kateryna

© Kateryna Kei, 2013

Dépôt légal mars 2021

Editeur : KEI Inc
4 rue Raoul Busquet 13006 Marseille

ISBN : 979-10-91899-27-7

www.ingramcontent.com/pod-product-compliance
Lightning Source LLC
LaVergne TN
LVHW041700060526
838201LV00043B/506